나쁜 기억 지우개

나쁜 기억 지우개

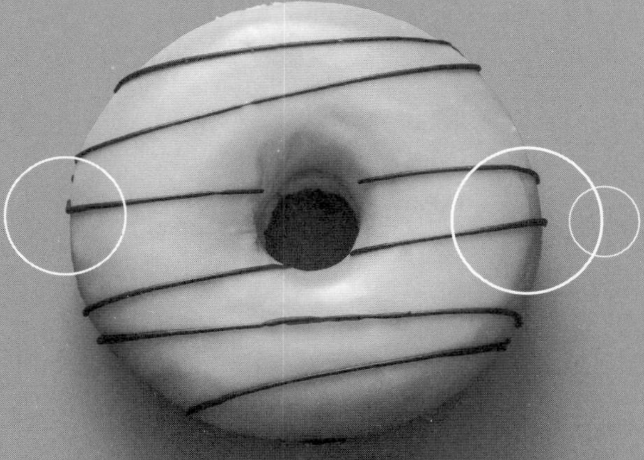

이정현 지음

지워지지 않을
오늘의 행복을
당신에게

RISE

작가의 말

함께 지낸 지 2년이 넘은 화분이 있습니다. 1년 반을 있는 듯 없는 듯, 잊을만하면 물주며 죽지 않을 정도로 보살폈습니다. 보살피기보다는 죽이지 않았다는 말이 맞겠네요. 어느 날, 새잎도 제대로 내지 못하고 근근이 자리를 지키고 있는 그 모습이 대견하기도, 미안하기도 했습니다.

이후 몇 달을 성심성의껏 길렀습니다. 해가 잘 드

는 곳에 새로 자리를 마련해주었어요. 매일 아침 잎에 물을 뿌려 잎을 적셔주었고, 달력에 물 준 날을 꼬박꼬박 기록했습니다.

마음은 닿는다고 하던가요?

겨우 살던 화분이 하루가 다르게 자랐습니다. 두세 달 사이 지난 한 해가 넘도록 거의 크지 않던 키가 훌쩍 컸어요. 책장 위에 올려두기엔 높아져 바닥에 내려두어야 할 정도로 말이에요. 몇 없던 잎은 넓어지고 색도 짙어졌습니다. 사나흘에 한 번씩 새순을 내어 풍성해지기까지 했습니다. 일상에 가장 큰마음을 쓰는 곳이 되어있었습니다. 싱그러운 잎을 보노라면 더불어 내 삶도 생기를 머금는 듯하기까지 했으니까요.

얼마 전엔, 그 화분이 많이 아팠습니다. 내내 싱싱하던 식물의 잎의 2할이 채 한 주도 되지 않아서 말랐습니다. 처음엔 겉잎 두 장이 노랗게 말라가기에 하엽을 하나 했더니, 큰 잎들까지 거뭇거뭇 시들었습니다. 물이 부족했던 걸까요? 갑작스레 떨어진 밤

온도 탓에 냉해를 입은 것일지도요. 전염병 옮듯 주변의 잎들이 말라갔습니다.

마음은 왜 쓸수록 아픈 건지.

내버려 두었던 이전이었다면, 이렇게 속상하지도 않았겠지요.

있던 잎의 3할 가까이가 시들고 나서야 멈추었어요. 잎끝만 검게 변한 것도, 줄기까지 시들어버린 것도, 다행히 아무런 영향을 받지 않은 잎도 있어요. 나는 오래도록 다 시든 잎을 잘라내지 못하고 있습니다. 마음으로 키워낸 잎들을 쉽게 잘라내고 싶지 않았어요. 그런데 이번에는 간신히 생기를 되찾은 화분의 새순이 시들해졌어요.

또 가만히 화분이 상하는 걸 보고만 있을 수 없어 도움을 구하니 생각도 하지 못했던 답이 돌아옵니다. 가지와 줄기를 잘라야 한다고 했습니다. 아쉬워 자르지 못했던 시들고 마른 부분을요. 그래야 새순과 멀쩡한 잎에 양분을 쓸 수 있다고.

그 말에 미루고 미루던 지난 잎을, 오늘에서야 잘라냈습니다.

사람도 같아요. 식물에 주어지는 양분처럼 우리가 쓸 수 있는 마음의 총량은 정해져 있습니다. 지난 기억을 지우는 가장 좋은 방법은 온 마음으로 지금을 살아내는 것입니다. 동시에, 온전한 오늘을 살아내기 위해서는 어제에서 한 발짝 멀어지는 것도 좋겠습니다.

차례

봄

여름

가을

겨울

봄

사랑이란 건
세상의 자잘한 것들까지
넘치는 웃음으로 당겨온다.
사랑의 모양은
올라간 사람의 입꼬리와 닮았다.

사랑의 유의어

당신 생각을 하다가 길에 멈춰 선 적이 있다.

좋아한다. 아낀다.

그때 알았다. 언젠가부터 두 단어를 구분 지어 말하고 있었다는 걸. 뚜렷한 기준을 정해두지 않고도 명확하게 달리 대하며 지냈다. 좋아하는 게 많은 사람은 아끼는 것도 많다. 아끼는 옷, 아끼는 신발, 아끼는 풍경. 좋아하는 것 중엔 언제나 아끼는 것이 있었다.

친구 중 하나는 언젠가 '가장' 혹은 '제일'이란 단어를 가진 물음이 싫다고 했다. '가장 좋아하는 음식이 뭐야?'라는 식의 질문에 대답하고 나면, '가장'의 나머지가 썩 좋아하지 않는 것들이 되어버리는 것 같다고. 덜 좋아한다는 말 같다고.

덜 좋아한다는 생각 대신에 좋아하는 것 중 좀 더 좋아하는 것이라고 여기면 어떨까? 그리 답했던 것 같다. 그런 생각이 어디에서 온 것인지 안다. '가장'이 아닌 다른 것들도 좋고, 귀하게 여기는 마음, 하지만 '덜'이나 '나머지'는 어디까지나 상대적인 이야기라 좋고 빛나는 것들 사이에서도 나머지는 있기 마련이다. 그러니 '가장'이 있다고 해서 나머지 것들이 빛바랜다 여기지 말고, 스티커를 한 장 더 붙이듯 좋은 것 사이에서도 좀 더 좋아하는 것을 생각해보자고.

아낀다는 건 그런 거다.

좋아하는 것 중 좀 더 좋아하는 것.

아끼는 것은 대상을 구체적으로 그려내고 손가락으로 세며 떠올릴 수 있다. 줄무늬 셔츠 두 벌, 기분 좋아지고 싶은 날에 꺼내 입는 겨울 코트, 담에 늘어지는 여름꽃, 2호선 지하철에서 바라본 한강 위의 풍경, 그리고 정성스레 포장된 초콜릿을 하나씩 벗겨 먹듯 울고 싶은 날이면 찾아 듣던 노래들도.

오래 보고, 만지고, 맛보고 싶다. 매일 입지도 않고, 찾고 싶지도 않다. 멋대로 덩굴을 늘어뜨리고 꽃을 꺾거나 손으로 움켜쥐고 싶지도 않다. 아끼는 것 중에는 한 번 떠나면 다시 돌아오지 못할 것들이 더 많다. 빠져 죽고 싶을 만큼 바다를 찾고 싶은 날이 있지만, 부레와 아가미가 생겨 물속에서 살기를 바라지는 않는다.

마음에 가까운 것일수록 한 발짝 멀어질 줄 알아야 한다. 코를 박고 냄새를 들이마시고, 살갗이 닳도록 문지르고 싶지만, 동시에 그러고 싶지 않다. 아끼는 게 오래 남을 수 있도록, 오래 아끼는 것으로 남길 수 있도록. 하나와 하나를 위하는 일이며 또한, 둘을 위하는 일이다. 함부로 쓰지 않고, 소중하게 여겨 보살피거나 위하는 마음을 갖는다.

좋아한다. 아낀다.

두 단어 모두 사랑의 유의어에 포함되지만, 어쩐지 사랑에는 '아낀다'라는 말이 좀 더 가깝다. 아끼는 것들을 모아두고 싶다. 고르고 고른 좋은 것들만 적어둘 얇고 작은 수첩을 하나 사야지.

그리고 어느 날에는 '오늘 옷차림이 어떠냐' 묻곤, 외투 안주머니의 손바닥만 한 수첩을 자꾸만 몰래몰래 펼쳐 봐야지. 해 질 녘 돌담길을 걸으며 '이 꽃이 여기에 있었네' 말해봐야지. 춥고 높은 어느 산에서 따왔다는 찻잎을 함께 우려 마시며 당신에게 물어야지. 아끼는 사람이 있느냐고.

마음의 뼈

땅 위에 사랑이 즐비하다. 모두가 사랑을 하고, 누구나 사랑을 말한다. 그런데 정작 한 사람이 죽기까지 사랑이라는 것을 경험할 기회는, 정말이지 몇 번이나 될까. 인간으로 태어나 우리는 반세기를 넘게 살아야겠지만, 그 짧은 와중에 사랑이 다섯 번은 찾아올까.

연인과의 사랑이라는 것에 제한을 두지 않더라도

열을 넘기는 어렵지 않을까. 그리고 그 사랑이 양쪽에서 맞닿는 경우는 몇이나 될까. 다시, 삶의 다른 것들에 구애받지 않고 사랑을 나눌 수 있는 건? 손가락을 하나라도 접기가 어려울지도 모르겠다.

인간은 뼈나 근육 없이는 서지 못한다. 둘 중 하나라도 없다면 이미 '산 것'이라 하기 힘들다. 없어서는 안 될 것. 하지만 구태여 둘 중 무엇이 먼저냐 물으면, 나는 '뼈'라 하겠다. 뼈는 그 자체로써 존재하지만, 근육은 엉겨 붙을 곳이 있어야 한다. 뼈에 붙어 제 역할을 하며 사람을 움직인다. 뼈는 움직이기 이전에 꼿꼿이 세우는 것이다. 둘은 이를테면 쇠기둥과 천막, 대기와 새의 날개와도 같다.

마음에도 뼈가 있다.

사람이 살아가는 데에 있어서

첫 번째로 삼는 가치.

사람은 저마다 고유한 가치관을 지니고 있고, 그 속에는 무수한 가치가 있다. 사람, 관계, 돈, 행복, 그 밖의 많은 것들. 언어로 형용 가능한 모든 단어가 누군가에게는 하나의 가치가 될 수 있다. 시와 나무, 별과 바다까지도. 하나의 인간이 가지는 가치는 마치 제각각인 것처럼 보이기도 하지만, 모두가 밀접하게 이어져 있다. 몸을 이루는 근육처럼, 마음의 뼈를 중심으로 엉겨 붙어있다는 말이다.

하지만 그 마음의 뼈는 처음부터 단단하지 않다. 산모의 자궁에서 태아가 만들어지듯, 느리고 정교하게 만들어진다. 경험으로 인한 인식과 사고가 차츰 마음의 뼈를 만들고, 서서히 굳게 한다. 그곳에 무수한 가치의 근육이 붙어 뼈를 세우면, 그때 하나의 철학이 된다.

스스로 원하여 세상 밖으로 나오는 태아는 없다. 마찬가지로 마음의 뼈는 개인이 멋대로 정할 수 있는 것이 아닐지도 모른다. 그저 어느새 무언가를 중심으로 삼아 살아가고 있는 자신을 바라보게 되는 것이다. 그제야 탄생의 여운은 끝나고, 더 나은 죽음을 생각하게 된다.

나 역시 태어나 겪은 길지 않은 생이 나를 사랑으로 이끌었다. 내가 가진 나머지의 가치들은 '사랑에

여 있다'라는 말이다. 좋거나 싫음을 따지는 일은 의미가 없다. 그저 그곳으로 걸어갈 뿐.

이 글을 쓰는 이유는 만들어진 '마음의 뼈'를 단단하게 만들기 위함이다. 자주 잊으며 살아왔다. 사는 게 너무나도 버겁다고 느껴질 때, 삶이 무거워 들 수 없을 것 같을 때. 놓을 수 있는 것을 양손에 재어보다가 잡은 손을 놓은 적이 있다. 떠나보내고 나서야 설 수가 없어 바닥을 기었다.

기억해야 한다. 나를 움직이게 하는 것 이전에 세워 주는 것. 눈앞의 생을 살아내는 것에 급급하기 전에 나를 살게 하는 것. 결국, 잘 살아내고 싶은 이유가 무엇이었는지를. 내 생에 남은 사랑을 센다.

손가락 혼잣말

인터넷으로 여권 지갑 하나를 주문했다. 해외여행을 자주 다니는 건 아니지만. 요즘 같은 때엔 더욱이 여권을 쓸 일이 없지만. 멀쩡한 카드 지갑을 하나 가지고 있지만. 실은 정말로 여권을 넣으려고 산 게 아니다. 그 안에 들어갈 진짜 주인공은 따로 있다.

한 달쯤 전부터는 주머니에 수첩 하나를 넣고 다닌다. 청바지를 입어도 크게 티가 나지 않는 얇고 자

그마한 수첩. 비슷한 크기의 작은 볼펜도 하나 챙겨서. 무언가 떠오르면 기록을 해두어야 하는데, 그때마다 휴대폰 메모장을 들고 타이핑을 하는 게 쉬운 일이 아니다.

물론 수기로 메모하는 게 일련의 과정으로써는 더 번거로운 일이다. 주머니에서 수첩과 볼펜을 꺼내고 펼쳐 직접 종이 위에 잉크를 묻혀야 한다. 하지만 휴대폰에 기록하는 것은 너무나도 간편해서, '곧 써두면 되겠다'라는 생각이 매번 마지막이다. 그러곤 금세 무얼 써두려고 했는지조차 기억하지 못하게 돼버린다.

비어 있던 주머니를 종이 뭉치 하나가 채우게 됐으니, 누워서나 앉아서나 서서 곧장 쓰게 된다. 딱히 뭔가를 떠올리지 않더라도 여유가 생길 때마다 꺼내 무엇이든 끼적이고 있으면 시간도 잘 가고, 그게 그렇게 즐겁다.

요즘엔 이 작은 수첩 하나가 내게 가장 흥미로운 장난감이다. 그런데 한 달 정도를 쓰다 보니 지갑이니 수첩이니, 여러 가지를 잊지 않고 챙기는 것이 성가셔서 그 대안으로 여권 지갑을 산 거다. 그리고 나는 거기에 여권 대신 수첩을 넣을 셈이다.

사람을 자주 만나지 않거나, 하루 중 말할 일이 별로 없는 사람은 혼잣말을 중얼거리기도 한다. 혼잣말도 취미가 될 수 있으려나. 앉은자리마다 수첩을 꺼내 아무렇게나 끼적이고 있으면 혼잣말을 하는 기분이 든다.

누구에게도 들킬 일 없는,
손가락 혼잣말.

단어 하나하나를 의식하며 혼잣말을 하지는 않는다. 메모도 그렇다. 흘러가는 생각을 그대로 집어다 옮기기도 하고, 아무 의미 없는 문장을 흩뿌리기도 한다. 노트북 앞에 앉아 글을 쓸 때도 비슷하다. 사고가 멈추면 억지로 떠올리기를 포기하고 노트북의 키보드를 두드리곤 한다.

재즈로 치면 노랫말과 노랫말 사이에 즉흥적으로 의미 없는 음절을 흥얼거리는 스캣scat과도 같다. 글을 쓰는 동안 형성되어 있는 사고의 흐름을 유지하고, 아무 활자나 끼얹는다는 점에서는 가사 없는 곡을 전달할 때 쓰는 가이드 녹음과도 비슷하다. 그러다 보면 마침내 준비 운동을 끝마친 이의 갓 열린 땀구멍에서 땀이 새듯 생각이 흐른다.

생각을 멈추고 쓰는 낱말들도 의외로 문장의 형태를 가지기도 한다. 그리고 습관처럼 자주 쓰는 단어와 문장이 있다. 나의 경우엔 그 문장들 속에 '왜, 나, 너, 당신' 같은 낱말들이 단골처럼 찾는다.

정신을 차려보면 낯부끄럽고 이유 모를 질문과 답들이 너저분하게 널려 있다. 왜 나는 너를 사랑하는가. 당신은 어디에 있는가. 나는 아직도 여기에 있다. 이외에도 다른 여러 조합들. 인칭대명사를 자주 쓰는 글 버릇도 탓이 되겠지만, 다른 이유도 있을까.

컴퓨터 게임을 자주 하는 사람들의 키보드엔 특징이 있다. 캐릭터를 움직이게 하는 방향키 'w, a, s, d'의 활자 도색이 먼저 벗겨진다. 나도 그럴까. 'ㄴ, ㅏ, ㄷ, ㅇ, ㅅ, ㅣ' 같은 글자들. 나와 당신을 쓰기 위하여 눌러야 하는 자음과 모음. 노트북의 데이터 조각으로 저장된 몇십만 자의 글자나 손때 묻은 몇 권의 수첩을 잘게 다져 뭉친다면, 결국엔 나와 당신의 덩어리가 될까.

자꾸만 혼잣말을 하는 이유는 더 나은 둘을 위함이었나. 나는 앞으로 몇 글자, 몇 권의 수첩을 더 쓰게 될까. 종이에 어떤 말 어떤 생각을 적시며 살게 될까.

언젠가는 삶을 여행처럼 살고 싶다고 말했다. 그리고 오늘은 여권을 넣는 자리에 수첩을 넣게 되기를 기다린다. 머지않아 도착할 지갑 하나를 기다리는 게, 먼 곳으로 떠날 비행 편을 기다리는 것처럼 두근거리기도 한다.

앞면과 뒷면

손가락 옆면의 세로선이 뚜렷한 아이였다. 밖을 쏘다니며 볕에 있기 좋아했던 나는 피부가 거뭇한 편에 속했다. 그땐 내 손이 다른 인종의 것처럼, 손바닥은 희고 손등은 진한 갈빛이어서 신기해했다. 틈만 나면 손을 세워 그 경계를 바라보고는 했다.

또래 아이에게 놀림을 받은 어느 날에는, 시커먼 손등이 마음에 들지 않아 주머니에 넣었다. 눈앞에 손을 두고 뒤집을 때마다, 나는 다른 사람이 되는 듯한 기분을 느꼈다. 앞뒤, 안팎, 손바닥과 손등. 겉과 속이 다른 사람이라도 된 것만 같았다. 마른 가지마다 돋아나기 시작한 나뭇잎을 보며 그때의 작은 손을 떠올린다.

어엿한 봄이라고, 이제는 제법 바람결을 따라서 가지를 흔들 줄도 안다. 손가락으로 집게를 만들어 엄지와 검지로 나뭇잎을 쥐어본다. 선명하게 다른 감촉. 색이 다른 나뭇잎의 앞면과 뒷면. 앞면과 뒷면을 가진 것들이 있다. 앞모습이 있는 것들에는 뒷모습이 있다.

처음부터 앞뒤가 정해져 있거나, 보기에 따라 앞뒤를 나누어 부르거나 한다. 외부에 노출이 잦거나, 쓰임이 있는 부분을 '앞'이라고 부른다. 그리고 그 반대편에 '뒤'가 있다. 나는 어떤 앞모습으로 살아왔나. 그을린 손등을 주머니에 넣던 것처럼, 보이고 싶은 앞모습이 따로 있기도 했다.

눈에 닿는 것의 대부분은 앞모습이다.

사물도, 사람도.

그것들 모두 뒷면과 속마음을 가지고 살아간다. 하지만 뒷모습이 있다는 걸 안다고 해서, 하나하나 뒤집어보지는 않는다. 뒷모습을 가진 우리는 타인의 뒷모습을 받아들이는 게 나뭇잎 한 장을 뒤집는 것처럼 쉬운 일이 아니라는 걸 안다.

마찬가지로 속을 내비치고, 뒤를 내어줌 또한 쉬운 일이 아니다. 앞모습이 아니라는 간단한 이유로. 보이기 위한 면이 아니어서, 보일 것을 생각하지 않았기 때문에. 보이고 싶지 않은 면을 그곳에 두기도 한다. 보이는 면 뒤에 뒷모습이 드리우는 게 아니라, 감추고 싶은 면 앞에 앞모습을 두르는 걸지도 모른다.

내게도 앞모습과 뒷모습이 있다. 밖으로 드러나는 앞모습과 내면의 뒷모습. 나조차도 앞모습을 가꾸느라 나의 뒷모습을 외면하기도 했다. 어떤 모습으로 보일지 생각하느라, 나는 내가 어떤 상태인지를 잊었던 날들이 있다. 하지만 내가 나를 뒤집어 보살피지 못한다면 누가 보살필 수 있을까. 나마저 내 뒷모습을 내버려 둔다면.

어떤 사람이 될지보다

어떤 사람으로 보일지

고민했던 시간이 많다.

이제는 가꾸려 하기보다

보살피고 싶다.

지금은 그때처럼 손등과 손바닥의 경계가 선명하지는 않다. 손등 색은 옅어지고, 손바닥 색은 진해졌지만, 여전히 남아 있다. 앞과 뒤는 다르지 않다. 손가락 옆면의 세로줄을 보면, 나를 사랑하고 싶어진다.

꽃 먼저 피는 나무

올해 첫 꽃으로 마주친 목련은 내가 다니던 초등학교의 교화였다. 고작 두 그루 있던 학교의 꽃. 금세 피고, 금세 지던 희한한 꽃나무. 다른 가지들이 겨울티를 다 벗지 못했을 때 버젓이 피어 있다가, 주변이 푸릇해지면 진다. 고고히 하얗다가 적적히 짓무르는. 어디를 가나 무리 지은 모습은 보질 못하고, 한두 그루씩 있는 그 나무가, 왠지 모르게 이목을 끌고 싶어

하는 것 같아 나는 한 번 더 눈길을 주고는 했다.

봄 문턱에 걸려 넘어지듯 꽃 피는 나무들이 있다. 파란 잎도 내지 않고, 봄볕이 닿을라치면 툭툭 꽃을 틔우는 게 꼭 성급히 눈밭을 뛰어가다 풀썩 쓰러지는 아이 같다. 산수유, 진달래, 벚꽃, 그리고 목련 같은 꽃들이 그렇다. 무엇이 그리 급해서.

잎이 없어 어여쁘게 보이기도 한다. 꽃들은 마른 갈빗대 사이를 채우는 살이 되어 보란 듯이 색을 뽐낸다. 다른 색을 섞지 않고 또렷한 목소리로 말한다. 기다리시던 꽃이 피었으니 여기를 보라고. 초등학교 모래 운동장 입구의 목련 두 그루처럼 그렇게.

후에 알았다. 이른 봄에 꽃 먼저 피우는 나무는 조급하지 않다는 걸. 기다렸다는 듯 꽃을 피울 수 있는 이유는 기다려 왔기 때문이다. 지난여름 꽃눈을 만들어두고, 자라기를 멈추고 겨울 동안 기다린 것이다. 필 때가 되어 피었을 뿐, 서둘렀던 적이 없다.

봄을 맞이하는 꽃들은 대개 꽃냄새가 강하지 않다. 진한 향을 흘리지 않고도 겨우내 굶주린 곤충에게 말한다. 내가 이곳에 있다고. 잎보다 먼저 꽃을 피우는 나무들이 수정을 마치면, 그 후에 피는 늦봄과 여름의 꽃들은 진한 향기를 낸다. 꽃 내음이 약해 이른 개화를 해야 했던 것인지, 이른 개화 덕에 강하지 않아도 되는 것인지는 모른다.

다만 잊고 살았다. 자주 성취나 결과에 빗대어지는 개화는 정작 꽃에게는 분투였음을. 사람이 의미를 부여하는 개화나 결실은 그들에게 그저 순환하는 과정 중 일부였음을. 잎도 꽃도 선후가 중요한 것이 아니며, 시작과 끝은 더욱이 아니었을 것이다.

사람은 사는 동안 많은 시간을 피고 맺기 위하여 노력한다. 그 덕에 꽃을 피우고 열매를 맺기도 한다. 그 크기와 모양이 어떻든 간에, 무수한 과정과 결과를 겪으며 살아간다. 잎이나 꽃을 달았다가 떨어뜨리고, 다시 돋아나기도 하는 꽃나무처럼.

하나하나에 크게 실망할 것도, 대단히 기뻐할 필요도 없을지 모른다. '무엇으로 살아야 하는가'와 같은 질문은 사는 동안의 숙제처럼 느껴지지만, 살아 있다는 것만큼은 그 무엇보다 분명하지 않은가. 피고 맺을 뿐 아니라, 지거나 바싹 말라 움츠리기도 하면서, 꽃눈 쥐고 기다리기도 하면서. 그리 살고 있지 않은가.

그걸로 됐다.

더없이 귀한 삶이다.

둘도 없는 꽃나무다.

어떤 대화는 입술을 바라보게 한다

어떤 대화는 입술을 바라보게 한다. 입과 입이 닿는다. 문과 문이 닿는다. 문은 안에서 밖으로, 밖에서 안으로 드나들기 위하여 여닫는 것. 사람은 얼굴에 난 '문' 하나로 뱉거나 삼키면서 살아간다. 입을 통하여 나가는 것은 뱉고, 들어오는 것은 삼킨다. 폐에 새 숨을 넣어 채우고, 물과 음식을 삼켜 서고 걸을 힘을 만든다.

더는 필요하지 않은 것을 뱉는다. 금세 헌것이 된 탁한 숨과, 삼키고 소화할 수 없는 필요의 나머지들. 입으로 들어오는 것에 비해 나가는 것에는 한가지가 더 있다.

입으로 삼키지 않지만,

입으로 뱉는 것.

말은 만들어내 뱉는다.

들이쉰 숨을 재료로 사람이 직접 만들어 내야 한다. 가슴을 조여 숨을 뱉는다. 동시에 목으로 공기에 질감을 만들고 입으로 모양을 만든다. 대기가 언어로 조각된다. 하지만 직접 만들어낸 말 또한, 뱉고 나면 더는 발화자의 것이 아니다.

내보내며 뱉지도 않고, 들이쉬며 삼키지도 않는 게 하나 있다. 새로이 만들어 내는 것이 아닌 날 때부터 있었던 것. 혀는 그렇다. 뿌리가 박혀 있는 것. 척추가 뼈대라면 혀는 사람의 심지다. 마찬가지로 없어서는 안 된다. 뽑아내면 죽고 만다.

쉽게 베이고 데는 여린 살. 인체의 근육 중 유일하

게 한쪽에서만 고정된 근육, 겉으로 드러낼 수 있는 속살. 입속에서 맛을 느끼고, 공기를 조각하던 혀는 닿고 싶은 것 앞에서 밖으로 나오기도 한다. 어떤 동물들처럼 맛을 보기도, 온도를 느끼기도, 몸을 핥기도 한다.

입과 입을 맞대는 건
문과 문을 맞대는 것이다.

안에서 밖으로, 밖에서 안으로 드나들기 위해 열리고 닫히던 것이 안에서 안으로 통한다. 밖의 세상 없이도, 두 안과 안만으로 하나의 세상이 된다. 문 앞에 선 당신으로 괜찮다. 입을 맞추고 혀를 나눈다는 건, 어렵사리 맞닿은 문 앞에서 고작 문턱을 드나드는 일. 나가되 뱉지 않고, 들이키되 삼키지 않는 일. 주는 것도 받는 것도 없이 서로를 나누며 당신은 당신으로, 그리고 나는 나로. 그저 끊임없이 더듬고 확인하는 일.

오래도록 다듬고 내놓던 조각된 숨은, 말은, 다른 이의 말과 얽히기도 한다. 말과 말의 요철이 맞물려

얽히면 대화가 된다. 입과 입을 맞닿게 하는 것 또한 대화의 쓰임새 중 하나일까. 어떤 대화는 입술을 바라보게 한다. 중심에서 서서히 두 사람을 끌어당긴다. 입과 입이 가까워진다.

물끄러미 입술을 본다.
걸어 잠그듯 입을 맞춘다.
안에서 안으로 걸어간다.
속으로 속을 쓰다듬는다.
삼키지도, 뱉지도 않고,
그렇게 우리가 된다.

내게 말할 수
있을 만큼의 비밀

내게 말해줄 수 있는 비밀이 있어? 이건 비밀인데, 우리 동네엔 멋진 꽃집이 하나 있어. 정말이야. 그런 꽃집은 어디서도 보질 못했어. 그런 델 어떻게 알게 되었느냐고. 나라고 처음부터 알았던 건 아니지. 이 근처로 이사 와서는 처음 걷는 길이 많다고 들떠선 여기저기를 산책하던 때의 일이야.

그날은 이른 여름을 찾는 날이었어. 손에 카메라

를 들었고, 마음 급히 핀 오월의 장미를 몇 송이 담았어. 담벼락을 타고 넘어 길에 꽃냄새를 뿌리는 남의 장미들을 찍었어. 그러다 담이 줄지은 어느 골목에서 유리창을 만났어. 붉은 벽돌이 쌓여 있어야 할 자리에 초록이 겹겹이 빛나는 곳이었어.

미로의 출구를 찾은 사람처럼 그곳으로 끌려 들어갔어. 문을 열고 세 걸음, 문턱을 넘자마자 그 자리에 섰어. 언젠가 이곳의 이야기를 해주어야겠다고 다짐한 순간이었어. 앞에는 주변과 다를 바 없는 2층 주택이 보였어. 그런데 담벼락 대신 선 유리벽 너머 마당이 있어야 할 자리엔, 꽃과 나무가 그득했어. 책에서 읽던 '비밀의 화원'을 여기서 찾은 거야. 곱게 바랜 머리색의, 나이 지긋하신 여인이 정원사로 있는 곳이었어.

내가 알던 꽃집들과는 많이 다르더라. 뿌리 잘린 식물은 팔지 않는, 흙에 덮인 식물들이 사는 곳이었어. 노지에 심긴 식물들과 손바닥만 한 화분부터, 허리 높이까지 오는 화분까지. 온갖 야생화와 이름조차 모르는 식물들.

살아 있는 모든 이파리가 생기를 머금고 있었어. 걷는 발치에도 식물이 채는 그곳에서, 정성이 닿지 않은 식물은 없었어. 내가 들어선 순간에도 정원사는 어떤 식물의 흙을 갈아주고 있었고, 나는 화분에 모래가 가득 찰 때까지 가만히 지켜봤어.

이후로는 근처를 지날 일이 있으면 꼭 그 앞을 지나갔어. 그리고 우리 집 창가엔 하얀 겹꽃이 피는 화분과 언젠가 키웠던 것과 같은 야자 식물의 자리가 생겼어.

있잖아.
'이건 비밀인데'로 시작되는
이야기들의 공통점을 알아?

그건 사실 대단한 비밀이 아닐 확률이 크다는 거야. 적어도 몇 번은 누군가의 입과 귀로 흐른 말들일지도 모르지. 생에 처음 만나는 정원이라며 호들갑을 떠는 이곳도, 실은 화초를 좋아하는 이들 사이에선 꽤 알려진 곳일지도 모르고 말이야.

숨기는 게 있다는 걸 알면서도, 그걸 낱낱이 듣고

싶지 않은 기분을 알아? 그럼 사실 비밀이랄 것도 없지만, 특별히 네게만 말하는 거라며 귓속말을 하고 싶은 기분은?

내가 영영 모르는 어떤 사실이 있어도 좋아. 그러니 너는 내게 말할 수 있는 비밀을 이야기해 줘. 설령 그게 누구나 알 법한 것이어도 괜찮아. 내게는 비밀이라고 말해줘. 그렇게 포장해줘. 실망하지 않을 테니, 우리 같이 생일 선물 받는 아이의 표정을 하고서 포장지를 뜯자.

길가의 허름한 꽃집을,
우리만을 위해 준비된 정원이라고
말해도 좋겠어.

네겐 별 비밀도 아닌 이야기를 꺼내다가 소곤거리고 싶어. 이거 비밀인데, 아침에 찾아 듣는 것만으로 하루가 거뜬해지는 노래를 알아. 이건 비밀인데, 우리 집 앞엔 아무도 모르는 근사한 정원이 있어.

그렇게 우리가 할 수 있는 이야기들을 하다가, 비밀 아닌 비밀들을 늘어놓다가. 그다음엔 은근슬쩍 아무도 모르는 이야기를 해버릴까. 언젠가 대단한 이야기가 아니게 될지도 모르는, 둘만의 이야기를 하자. 비밀 아닌 척 비밀을 말하자. 같이 가자. 같이 듣자. 아무도 보고 듣지 못할 것들을 하자.

사랑하고,
사랑하기를

좁은 술집의 바bar에서 건너편의 소리에 고개를 돌린다. 나와 비슷한 나이대로 보이는 두 남녀의 대화.

"올빼미와 부엉이의 차이가 뭔지 알아?"

"응, 아니 뭔데?"

"한 번 들으면 못 잊을 거야. 봐, 올빼미는 머리 모양이 'ㅇ'이고 부엉이는 'ㅂ'이야. 신기하지."

"응, 그러네. 세종대왕님이 뿌듯해하겠어!"

엿보거나 들으려 하지는 않았지, 기분 좋은 웃음 소리가 바 너머로부터 자꾸만 건너오는 탓에 들은 대화. 마시던 술이 이렇게나 달았던가. 테이블 위에 놓인 초 받침대의 모양만으로 화음을 만들어 내는 남녀. 숲에 사는 새들의 귀 모양만으로 행복해질 수가 있구나.

사랑이란 건

세상의 자잘한 것들까지

넘치는 웃음으로 당겨온다.

앞으로도 그렇게 웃었으면 좋겠다. 사랑하고, 사랑하기를. 모든 사랑이 티끌 한 점 없이 행복하기를 바란다. 사랑의 모양은 입꼬리가 올라간 사람의 입 모양과 닮았다.

파르르, 까르르, 사르르

무색무취의 길을 걷다 문득 향기에 젖어 고개를 들었어. '아, 라일락이다.' 지나가던 바람이 가지를 건드리면 파르르, 파르르 머금었던 냄새를 후드득 떨어뜨린다.

어젠 밥을 먹으려는데 꽃냄새가 나잖아. 집엔 아무 꽃도 없는데. 밥 한술을 떠서 입에 넣으려는데 혀끝에서 자꾸 '꽃맛'이 나잖아. 기어코 수저를 내려두고 창문을 열었어.

봄만큼 외면하기 힘든 계절이 없어. 적어도 내게는 그래. 기다리는 계절은 그 하나가 유일하거든. 기다렸다는 듯 외투를 벗고. 좀 더 무방비의 차림으로. 옆에 누구라도 다가와 옆구리를 툭 건드리면 까르르, 까르르르하며 웃어버릴지도 몰라.

좋아했어.
온기 담은 느린 바람 같은 손길도.
손길마다 터지는 작은 웃음들도.
잊고 있던 우리 모습이 저기에 있어.

지치지도 않지. 날마다 걷는 길인데도 그 아래선 진한 봄이야. 나는 고개 드는 싹이야. 열어질 생각은 하지 않고 꽃잎을 떨어.

어떤 기억은 잊기 위해서, 또 어떤 기억은 잊지 않기 위해서 노력했어. 그리고 삶에 안고 살아가는 기억이 있지. 계절이 돌아오면 듣고 싶어지는 노래가 있는 것처럼, 비가 오는 날에 꺼내 입고 싶은 셔츠가 있는 것처럼.

나는 꽃나무 아래서 어떤 사람을 떠올리기도 해. 잊은 것도, 잊지 않은 것도 아니지. 곁에 있는 것도 없는 것도 아니야. 찾지도 기다리지도 않아. 그저 어느 계절에는 혹은 나무 한 그루에는, 그렇게 사람이 살기도 하는 거야.

다만 이따금 궁금해하기도 해. 오늘처럼 계절의 한가운데에 서게 되는 날. 아무런 준비 없이 덜컥 꽃 냄새에 젖은 날. 잘 지내는지. 끼니는 잘 챙겨 먹고 지내는지. 요즘은 어떤 취향의 옷을 입고 어떤 꽃에 봄을 맞이하는지. 여전히 간지럼을 잘 타는지. 혹시 지금 라일락 나무 아래에 있는지. 같은 계절은 없다는 걸 알지만, 한쪽에는 내가 살기도 하는지.

문득 생각이 나서 그랬어. 꼭 낯설지 않은 어느 한 쌍의 모습 같아서. 자주 보고 눈에 익은 우리 모습 같아서. 괜히 아는 척 말을 걸어 보고 싶었어. 분명 우리는 아니겠지만. 그렇지.

궁금했나 봐, 알고 싶었나 봐.

파르르, 파르르 떨며

향을 떨구는 모습이 웃는 연인 같잖아.

간지럼 태우며 좋아 어쩔 줄 모르던 우리 같잖아.

'까르르, 까르르. 사르르, 사르르.'

된 장 찌 개

평소보다 이른 아침을 맞이한 날, 네게 된장찌개를 끓여주고 싶단 생각을 했어. 어째서 된장찌개였을까. '집밥'이라고 하면 쉽게 떠오르는 음식이어서일까. 이제는 혼자 지내는 게 익숙해졌지만, 낯설었던 스물, 첫 자취방에서의 첫 요리도 아마 된장찌개였을 거야. 그 정도는 만들기가 쉬우니 한번 만들어 보라는 말을 들었거든.

셀 수 없이 먹어본 요리 하나를 하기 위해 레시피를 수도 없이 찾아보던 기억이 나. 어떤 걸 넣어야 하는지조차 몰라 막막했어. 시장에서 길을 잃어가며 산 재료들로 끓여낸 찌개는 맛있다기보단 묘하게 짜고 또 싱겁기만 했어.

이후론 직접 요리를 해 먹는 일이 많지는 않았어. 그래도 즉석식품이나 배달 음식 대신, 집밥이 먹고 싶어질 때면 이따금 된장찌개를 끓이곤 했어. 그렇게 손가락으로 꼽아 셀 수 있을 만큼 고작 몇 번의 된장찌개 몇 번을 끓이는 동안, 사는 집이 두 번, 냄비가 세 번 바뀌었어.

냉장고에 그 흔한 양파 하나가 없네. 고추장이 하나 된장이 하나, 그마저도 된장은 유통기한이 일 년 가까이 지났어. 이사하고 냉장고를 들일 때쯤 샀었나. 뚜껑을 열어보니 두 숟갈, 아니면 세 숟갈 정도 덜어낸 숟가락 자국이 남아 있어. 그즈음에도 나는 직접 끓인 찌개가 먹고 싶었나 봐.

여러 가지 국물 요리가 있지만, 찌개가 좋아. 만드는 방법이 아주 까다롭지는 않으면서도 그것만으로 밥과 함께 식사를 해결할 수 있거든. 홍건하거나, 졸아들지 않도록 바특하게 끓여낸 국물이 사람의 정성 깃든 마음을 닮았어. 냄비 앞에 서 있는 시간이 마음을 끓이는 것 같잖아.

시장에 다녀왔어. 청양고추, 팽이버섯, 감자를 한 봉지씩, 양파 한 망, 애호박 하나, 두부도 한 모. 그리고 유통기한이 끝나기 전에 다 쓸 수 있을까 싶은 된장 한 통. 냉동실에 얼어 있던 소고기도 조금 꺼냈어. 재료를 고르는 기준은 요리가 끝난 후에도 어떻게든 소진해낼 수 있을 법한 것들이야. 된장은 그게 좀 어렵겠지만.

재료를 썰어 물과 함께 몽땅 냄비에 넣고 끓여도 된장찌개가 되기는 해. 하지만 나는 그렇게 끓이지는 않아. 모처럼의 요리니까 느긋하게 하고 싶기도 하고, 어쩐지 성의가 없어 보이잖아. 더군다나 멸치나 다시마 같은 육수 재료도 없는걸.

끓일 때마다 조금씩 달라지기는 하지만, 냄비가 두 번 바뀔 동안 나름의 레시피도 생겼어. 가장 먼저는 넓은 냄비에 기름을 두르고 썰어둔 고기를 볶아.

다음엔 익는 시간이 가장 오래 걸리는 감자를 넣지. 감자가 어느 정도 익을 때까지 고기와 함께 또 볶아. 육즙이 천천히 배어들 수 있도록. 그다음 애호박과 양파를 순서로 넣어. 단단한 것에서부터 쉽게 물러지는 것의 순서로 말이야.

냄비에서 재료들이 어우러지며 볶아지고 나면 그때 적당량의 물을 부어. 고기와 채소, 찌개의 건더기가 될 것들이 잠길 때까지. 거기에 된장을 한 숟갈 반, 고추장을 반 숟갈. 그다음 청양고추를 썰어 넣고, 마지막으로 버섯과 두부를 위에 얹고 냄비 뚜껑을 닫아. 채소가 포슬포슬해지고 안쪽까지 깊게 맛이 배도록 기다려야 해. 바로 이때가 마음을 자작하게 졸여내는 시간이야.

요리를 자주 하는 것은 아니지만, 꽤 맛있는 찌개를 끓일 줄 알아. 네게 된장찌개를 끓여주고 싶어. 나는 이런 찌개를 끓이며 살아왔어. 배가 고프고, 따뜻한 밥과 국물이 먹고 싶을 때, 누군가 차려준 따뜻한 음식이 먹고 싶을 때, 이렇게 혼자서 찌개를 끓이곤 했어. 내가 만든 따뜻한 국물을 대접할게.

스스로 끓여 마시던 마음을,

네게 주고 싶어.

나 열심히 만들었다고, 어려울 게 없는 된장찌개 한 그릇이지만, 정성껏 끓여왔다고. 그렇게 우리 마주 앉을 밥상에 내어오고 싶어.

종이 냄새

냄새 맡는 일을 좋아한다. 향으로 표현되는 것보다 '냄새'라는 단어가 따라붙는 것들이 더 좋다. 콧등이 저리지 않고, 숨을 깊게 들이마셔도 머리가 멍해지지 않는 것들이 대개 그런 이름으로 불린다.

나는 그중에 사람의 몸에서 나는 냄새를 제일 좋아한다. 앞에 놓인 일이 마음처럼 잘 안 되거나 생각에 잠길 때는 내 손등 냄새를 맡는다. 광대 근처의 볼에 팔을 괴고, 코에 닿는 손등 냄새를 맡으면 마음이 편해진다.

몸에 입을 맞출 때도 코끝을 떼지 않던 애가 있었다. 그 애는 유독 내 몸에 밴 냄새를 좋아했다. 내가 살던 곳보다는 그 애의 집과 침대가 좀 더 커서 자주 거기서 잠을 잤다. 둘 다 일이 없는 날에는 종일 나가지 않고 발가벗은 채 얽혀 있기만 했다.

하얀 커튼 너머 창으로 해가 들어도, 건너편 건물의 빛이 들어도 개의치 않았다. 느지막이 일어나 배가 고프면 음식을 시켜 먹고 함께 샤워했다. 씻고 나서는 다시 나란히 누워있다가 눈을 맞추고, 입을 맞추고, 몸을 맞추고.

그 아이의 희고 차가운 살결이 좋았다. 뜨겁고 거친 내 것과는 한참 달랐다. 막 껍질을 벗긴 단단하고 매끄러운 복숭아 같아서, 쉴 새 없이 쓰다듬거나 움켜쥐거나 했다. 손으로, 허벅다리의 안쪽으로, 온몸으로. 내 위에 올라와 등으로 오후의 햇살을 받고 있는 그 애의 모습을 보다가 궁금해졌다.

허리에 손을 대고 겨드랑이까지 장난스럽게 쓸어

올리며 물었다.

"너는 내 몸의 어디가 좋아?"

"나는 네 목이 좋아."

생각하는 얼굴로 나를 내려다보다가 몸을 숙여온다. 손은 등허리와 목 뒤에 두고 입술로 귓가를 살짝 꼬집으며.

"목?"

"응. 기억나? 어릴 때 쓰던 향기가 나는 펜 있잖아. 그런 펜이었으면 좋겠다는 생각을 한 적이 있어. 팔을 베고 누워있으면 코가 네 목에 닿는데, 거기서 '종이 냄새'가 나거든. 근데 나는 싫어했는데 그 펜 냄새, 맡으면 머리가 아팠어. 그럼 연필 같은 거여야 할까? 연필에도 냄새가 있어?"

몸을 돌려 목 뒤에 손을 대고 베개에 눕어주곤 냄새를 맡았다. 승모근이 낮게 솟은 목의 아래부터 귀 뒤쪽까지. 헝클어진 머리칼이 눈썹을 빗어 내린다. 사랑하는 사람의 냄새가 단단하게 뭉쳐 코로 들어온다.

너는 펜도 연필도 안 해도 되겠다. 너도 종이 냄새가 나. 그게 종이 냄새인지는 잘 모르겠지만, 마음이 편안해지는 냄새였다. 낮고 따뜻한. 우리는 책이 되면 되겠다, 같은 우스갯소리를 하면서 입을 맞췄다.

그땐 그 애의 기분을 좋게 해주고 싶어서 한 말이었지만, 나는 그 냄새가 좋았다. 언젠가부터 그 애가 잠들기를 기다리게 됐다. 눈이 감기고 나면 손목과 팔꿈치에 힘을 빼고, 어깨 힘으로 팔을 끌어당긴다. 잠에서 깨지 않도록 천천히, 아주 천천히.

다음은 그 애의 팔을 들어 베개와 나란히 두고 꿈틀꿈틀 내려가 눕는다. 코끝으로 목에 난 솜털을 세다 보면 평소보다 일찍 잠이 들고는 했다. 잠드는 걸 기다렸다가 팔을 빼는 걸 들킨 적도 많았다. 굳은 몸으로 눈치를 보고 있으면, 그 애는 웃으며 나를 끌어안았다.

아이를 혼내는 선생님 같은 투로, '뭐 하는 거야?' 물으면 아무 일 없었다는 듯 목에 키스하며, 네 냄새가 좋아. 네 냄새가 좋아.

"좋아?"

"응, 좋아."

종이 냄새라고 말했던 아이는 그 애밖에 없었지

만, 이후로도 내 목이나 몸에서 나는 냄새에 관한 이야기를 몇 번은 들었다. 사람이 가진 냄새가 모두 다르다는 것도 알게 됐고. 어렴풋이 내가 가진 냄새에 대해서도 알아가게 됐다.

사람이 찾지 않는 내 방을 얼마간 비웠다 문을 열면 나는 냄새. 하루쯤 입고 빨지 않은 셔츠를 다시 걸칠 때 나는 냄새. 향수를 뿌리지 않아도 손등과 손목에 배어 있는 냄새.

그런 냄새를 가진 사람이 있다. 종일 목 뒤에 코를 갖다 대고 있어도 머리가 아프지 않은 사람. 되려 마음이 편안해지고, 세상 앞에서 걱정이 없어지는 냄새. 좋은 꿈을 꿀 수 있을 것만 같은 그런. 웃기는 소리지만, 내 앞에 마음에 드는 사람이 생기면 살냄새를 맡고 싶어진다.

실례지만 냄새 좀 맡아봐도 될까요.

손등에, 목덜미에 키스하는 척

코끝을 대고 싶어진다.

주인 없는 향수

달마다 향수를 하나씩 사는 친구가 있다. 여태 향수를 사본 적이 없으니 종류도 모를뿐더러 달마다 산다기에 몇만 원이면 사는 줄로 알았다. 이야기를 듣는데 십만 원은 우습고, 몇십만 원 하는 향수도 많아 신기해했던 기억이 있다.

향수는 타인에게 향을 풍기기 위함인 줄 알았는데, 그는 제 기분을 위해서 뿌린단다. 입을 옷, 그날의 기분, 날씨에 따라서도 몸에 끼얹고 싶은 향이 달라진다고. 가진 향이 많으니 기분에 따라 향을 섞어 낼 때도 있단다.

커피와 와인을 처음 마시던 때가 떠올랐다. 그저 '시다, 떫다, 쓰다, 덜 쓰다'라고. 좋아한다면서 맛을 표현하는 데 쓰는 단어가 한 손, 다섯 손가락을 채우지 못하던 때가. 지금은 내게서 떼어놓을 수 없는 마실 거리가 되며, 맛을 말하는 데 쓰는 단어도 늘었다.

종이와 펜을 앞에 두고 음료를 마시며 감각이 세분화하는 과정을 즐겼다. 커피를 마시며 초콜릿을 적는다거나, 와인을 마시며 자두와 체리를 적는 일이 즐거웠다.

아직 향수가 그렇다.
그저 좋다, 안 좋다.

향수만큼 선물하기 쉬우면서도 까다로운 선물이 없다. 화장대에 세 개 있는 향수도 언젠가 선물 받은 것들이다. 모두 받은 직후의 몇 번 이후론 쓰지 않았다. 나를 떠올리며 샀다지만, 도무지 손길이 가지 않는 향들. 공기를 들이마시고 낱낱이 냄새 세는 일을 좋아하면서도, 향수는 좋아하지 않았구나.

향을 내는 물건 중, 향수는 유독 나를 찡그리게 한 적이 많았다. 냄새가 짙어 자리를 피하거나, 얼굴을 찌푸리거나. 코와 머리가 아파 내겐 너무 자극적이라고, 향수는 무조건 싫다던 적도 있다.

향이 몸에 맞지 않아 코를 틀어막게도 하지만, 어떤 이에게 어떤 향은, 주변에 감돌며 그만의 분위기를 만들어내기도 한다. 또한, 그로 인해 누군가를 기억하는 매개체이자 촉매제가 되기도 한다.

사람마다 잊지 못하는 향이 하나씩은 있을까. 내게도 '좋다'에 속하는 향수 중 뚜렷하게 기억하는 향이 있다. 7년 전, 학교 도서관에서 인생의 첫 쪽지라는 걸 건네본 날. 나는 졸음을 참으며 시험공부를 하고 있었던 것 같다. 비어 있던 옆자리에 누군가 앉았고, 나는 그 순간부터 아무것도 할 수가 없었다.

옆 사람이 깔고 앉은 공기가 튀어 올라 코로 들자마자 모든 감각이 멈췄다. 옆을 돌아보고 싶은 마음에 사로잡혀 한 글자도 쓰지 못했다. 말 그대로 '마법 같은' 냄새였다.

가진 향수의 단어로 그 향을 적기엔 턱없이 부족하지만, 달고 달았다. 보라색 꽃과 여름이 제철인 흰 살 과일의 향이 떠올랐다. 노트를 찢어 '무슨 향수를 쓰세요?'를 적어 건넸고, 아직 그 이름을 기억한다.

두 번째로 맡았던 건 다음 해 클럽에서였다. 술을 마시고 있었는데, 북적이는 사람들 속에서 익숙한 냄새가 흘러들었다. 온갖 감각이 뒤섞인 어지러운 곳에서도 그 향은 날을 세우고 나를 훑었다. 순전히 냄새에 이끌려 모르는 사람의 어깨를 두드렸다.

잠깐은 함께 춤을 췄고, 짧은 대화가 오갔다. 근데 그 사람에겐 기억하는 향수와 다른 이름을 들었다. '샤워 코오롱'이라며 말해주었던 제품은 브랜드도 이름도 처음이었다. 분명 같은 냄새인데도.

이후로도 그 냄새를 두어 번은 더 맡았다, 모두 길에서였고, 어김없이 두리번거렸다. 그리고 놀랍게도 처음 이후 7년간, 주변 사람 중 그 향수를 뿌리던 사람은 단 한 사람도 없었다. 향을 매개로 기억하는 사람이 몇 있지만, 그 향으로 떠오르는 사람이 없다는 건 아쉽다.

어제는 나를 떠올리게 하는 향을 하나쯤 만들고 싶어 향수를 골랐다. 기억을 불러오는 냄새와 향을, 머물렀던 바다의 조약돌 모으듯 하나씩 모아둔다. 내게 가장 아름다웠던 향에도, 언젠가 주인이 생기기를 기다린다.

좋겠다

보고 싶은 사람이 있었으면 좋겠다.
여느 날과 다름없는 오늘 하루가
고단하지는 않았는지 듣고 싶다.
게으른 아침의 안부를 묻고,
저녁의 식사는 괜찮았는지 묻고 싶다.
어떤 장면에, 어떤 바람에
미소를 지었을지 알고 싶다.

그렇게 이야기를 다 듣고 나면,

보고 싶었다고,

한마디만 건네고 싶다.

당신은 왜
참으며 살아가지

하나 있는 식구, 고양이 마음이의 두 번째 생일이 머지않았다. 종이 박스를 안고 택시를 탄 기억이 선명한데 벌써 이렇게 시간이 지났다. 안으면 품이 가득 찰 만큼 자랐다. 만나기도 전부터 식구가 될 마음이를 위해, 고양이에 대한 지식을 찾아보고 공부했다. 하지만 함께 살면서도 여전히 배워야 할 게 많다.

그중 하나가 음수량이다. 모든 생물에게 물은 중

요하지만, 이 새침한 털북숭이들에는 더욱이 그렇단다. 신장이 약해 신부전 등의 신장 질환에 취약한데, 이를 예방하는 방법이 물을 많이 마시는 것이다. 그 때문에 많은 '집사'들이 함께 지내는 고양이의 음수량을 늘리기 위해 애를 쓴다. 물그릇의 높이를 높여준다든지, 보이는 곳마다 물그릇을 둔다든지.

전신 거울과 붉은 소파 사이에는 마음이가 먹고 마시는 자리가 있다. 원목 받침 위에 놓인 쌍을 이룬 자기 그릇 두 개. 배가 고플 때마다, 목이 마를 때마다 쪼르르 이곳으로 온다. 처음엔 이 두 개의 그릇에 각각 물과 사료를 담아 줬었다.

이후 음수량에 관한 걸 알게 되고, 물은 좀 더 표면적이 넓고 용량이 많은 그릇에 주면 좋다기에 '수반'이라는 걸 사서 놓아주었다. 몇 개월은 수반을 사용했는데, 수반에는 수반의 문제가 있었다. 수면이 넓으니 물을 따라둔 지 얼마 지나지 않아서 금방 먼지나 마음이의 털이 위에 내려앉는다는 거였다.

그러던 중에 '고양이 정수기'라는 게 있다는 걸 알았다. 이런 게 있었는데 아무도 알려주지 않았다니.

망설임 없이 정수기를 놓아주었다. 물론 제품을 고르는 데는 며칠이 걸렸지만.

흐르는 물을 무서워하거나 적응을 못 해서 정수기를 쓰지 못하는 고양이들도 많다지만, 다행히 마음이는 첫날부터 잘 써줬다. 솟아오르는 물에 찰박찰박 발을 담가보기도 하고, 일렁이는 수면을 구경하기도 한다. 몸을 많이 숙이지 않아도 돼서 좋은지, 기분 탓인지는 모르겠지만 물도 전보다 자주 마시는 것 같다.

물이 흐를 때는 소리가 난다. 이게 이전의 사료 그릇이나 수반과는 가장 큰 차이점이다. 흐르는 물에 소리가 나는 것은 당연한 이치이지만, 문제는 내가 밤 귀가 밝고 잠자리가 예민한 사람이라는 거다. 신나서 정수기를 살 때는 생각도 못 한 문제였다.

처음 물을 가득 채워두었을 때는 비교적 조용하다. 그리고 마음이가 물을 마셔 수면이 낮아질수록, 펌프를 타고 올라갔던 물이 떨어지는 낙차가 커지고, 물소리가 난다.

처음엔 '어, 소리가 조금 나네' 싶었지만, 잠자리에 들기 어려운 날에는 물소리밖에 들리지 않았다. 피곤한데 잠은 오질 않고, 물소리는 양쪽 귀를 이어 강이라도 만든 듯 쉬지 않고 흘렀다. '졸졸졸, 졸졸졸.'

수개월이 지난 지금도 방 한쪽에선 물소리가 난다. 소리가 거슬릴 때가 많았지만 참고 지냈다. 이토록 무언가를 참는다는 게 오랜만이라고 느끼기도 했다. 참고 있으면서도 세지 못하는 것이 분명 있겠지만, 하루도 쉬지 않고 귓가에 들려오는 소리여서 그렇게 느꼈는지도 모르겠다.

'참는다'라는 말은 억누르고 견딘다는 뜻을 포함한다. 좋지 않게만 들리는데, 사람들은 왜 참으면서 사는 걸까. 혼자서 물음을 던져본다. 언제나처럼 혼잣말에 대답한다. 적어도 자의로 '참는' 것들은, 곁에 두고 싶은 것이 있어서가 아닐까. 사람이든, 고양이든, 그게 무엇이든. 함께 잘 지내고 싶어서.

참고 견디는 이유가 내 곁에 두고 싶은 것이 있어서라면, 멀리서 보았을 때는 결국 나를 위한 일이다. '곁에 두고 싶은 것'과 '참고 견뎌야 하는 나'를 양손에 올려 경중을 따져보고, 참지 않을 수도 있다. 곁에 두고 싶은 것이 너무나도 소중해서 경중을 따져볼 가치조차 없다면, 그때는 어떻게 해야 하지.

요즘은 노래를 틀어두는 것 대신에 가만히 물소리를 들으며 앉아있곤 한다. 생각 한 장 차이지만, 참고 견디는 것 대신 원래 있었던 것처럼 받아들이고 산다. 잠자리가 편해졌다.

만인에게 만 개의 사랑이 있다면

"결혼이 하고 싶어졌어." 결혼 같은 건 자신과 맞지 않는다고 말한 사람이었는데. 적어도 내가 아는 사람 중에선 그 단어와 가장 거리가 먼 사람이었다. 그래서인지 친구의 이 한마디가 내 안으로 깊게 들어왔다.

'결혼'이라는 단어에는 언제나 고개를 저었지만, '이 사람과는 괜찮지 않을까?' 정도는 있었던 것 같다. 그런데 '결혼이 하고 싶다'라는 건 어떤 마음일까. 그 말이 어쩐지 모든 준비를 마친 투사의 비장한 각오처럼 느껴진다. 그만큼 멀다.

어떤 사랑은 동화가 되어 입에서 입으로 전해진다. 누구네는 서로가 첫사랑이었대, 그래서 몇 년을 연애하고 결혼까지 한 거래. 티브이에서는 그런 말들이 거짓말이 아니라고 말해주려는 듯 프로그램으로 만들어 보여준다. 얼마 전엔 지긋하게 나이가 들어서도 무르팍 상처 하나에 안절부절 걱정하는 노부부의 영상을 봤다.

곁에도 그런 이야기가 있었다. 햇수로 십 년이 되어가는 친구인데, 대학생 때부터 9년이나 한 사람을 만나왔다. 연애 기간이 길다고 그게 오랜 사랑이냐고 묻는다면, 그건 다른 문제의 이야기이겠지만. 적어도 내가 보기엔 그는 아직 연인을 진심으로 사랑하고 있는 듯하다. 그의 연인이야 몇 년에 한 번 봤던 게 다지만, 듣기에는 여전히 '서로 사랑'이다.

겪어보지 못한 사랑의 모습은 신기하다. 보고 들은 이야기들을 재료로 뭉툭하고 모호한 사랑의 조각을 깎아낸다. 기어코 커다란 조각상을 만들어낸다.

우러러본다. 숭고하기까지 하다.

사랑에도 단계가 있는 걸까. 그렇다면 사랑에 완성도 있을까. 믿기지 않는 이야기들 앞의 내 사랑은 미숙하기만 하다. 다음은 약간의 초조함도 찾아온다. 뼈와 살이 붙어살아있는 시간이 넉넉잡아도 백 년, 어느덧 그 삼 분의 일 정도를 살아냈다.

차츰 해가 지나도 나이 세는 걸 잊기 시작하는데, 언제쯤 그런 사랑의 모습을 겪을 수 있을까. 누군가와 결혼이라는 이름 아래 한 집에서 자고 깰 수 있을까. 함께 한 잠깐의 순간들로 겪지 못한 미래를 약속할 수 있을까.

어느 어린 시절엔 설레는 감정만이 사랑이라 믿었다. 더는 처음처럼 설레지 않아 떠나보내고, 떠나보내며 살았다. 가슴 뛰는 순간만이 사랑이라 매듭지어 놓으니, 사랑은 타오른 뒤 식어가는 것으로만 여겨졌다. 몇 년은 그렇게 살았고, 몇 년은 그때를 후회했고, 지금은 한 발짝 뒤에서 그때를 필사해본다.

그 시절엔 영화 〈클로저Closer〉의 앨리스처럼 '사랑이 어디 있어?' 물었다면, 이제는 그 '볼 수도 만질 수도 없는' 사랑을 타인에게서 찾기 전에, 내가 생각하는 사랑 정도는 말해 볼 수 있다.

내게 사랑은 누군가 '사랑하느냐' 물었을 때 '그렇다' 답할 수 있으면, 그게 사랑이다. 만인에게는 만 개의 사랑이 있으니 더 따져 물을 필요가 없다. 어떤 이에게는 설렘이나 두근거림이 사랑의 기준이 되기도 한다. 지금의 내게는 그렇지 않다는 것뿐이다. 매 순간 설레지 않고도, 사랑이냐는 물음에 고민 없이 그렇다고 답한 순간들이 있었기에 그리 말할 수 있다.

소중해서 어렵게만
느껴지는 것들이 있다.
사랑이 그렇다.

하지만 만인에게 만 개의 사랑이 있다면, 한 사람은 할당량을 제외한 나머지 구천구백구십구 개의 사랑은 겪을 수 없다. 그러니 작고 초라하게 여기지 않기로 했다. 동화 같은 사랑을 겪지 않아도 된다. 언젠가는 친구들 앞에서 비장한 얼굴을 할지도 모르는 일이지만, 지금은 이렇게 살기로 했다. 영영 겪어보지 못할 사랑도 있겠다. 그래도 괜찮겠다.

나와 같은 너에게

언젠가의 여름, 나는 카페에서 일하고 있을 때였어. 커피를 내리다 잠깐 나와선 쉬려는데 마침 하늘에서 비가 오더라? 파란색 플라스틱 의자에 걸터앉아서 하늘을 올려다봤어. 참 맑은데, 하늘은 아직 맑은데 비가 오더라니까. 나는 그게 꼭 웃는 얼굴로 우는 것 같더라. '후드득후드득' 빗방울이 흩뿌려진 내 앞 까만 차의 보닛Bonnet에 비치는 하늘이 꼭 거울을 보는 것 같았어.

울면서 왜,

웃는 얼굴을 하느냐 말이야.

나는 항상 그런 애들이 부러웠어. 울 때는 일 년에 단 한 번 오는 장마인 듯 울면서, 웃을 때는 여름의 이파리 같은 색으로 웃을 줄 아는 애들 말이야. 그 애들을 동경하기도 했고, 멋대로 내가 사랑하는 친구라 부르기도 했어. 우습겠지만, 요즘에도 거울 앞에서 울거나, 웃거나 할 때가 있어. '내 표정은 내 마음과 같을까'하고.

자신을 아끼는 것의 첫 번째는 미소가 지어질 만큼 맛있는 음식을 먹는 것도, 마음이 편안해지는 노래를 듣는 것도, 아름다운 영화를 보는 것도 아니야. 갇혀 있던 너를 풀어주는 것. 옭아매는 시선들로부터 자유로워지는 것. 일그러진 관계에 더는 물을 주지 않는 것.

누군가를, 무언가를 잃는 게 두려워서 너를 숨기

지 말아. 열 개의 껍데기보다 하나의 알맹이가 따듯한 거잖아. 네 모습이 어떻든 너를 두 팔 벌려 안아주는 사람들이 있단다. 그럼에도 불구하고 곁을 떠나지 않는 사람이 있단다.

네가 너이기 때문에

사랑하는 내가 있단다.

웃고 있어

그런 말이 있잖아, '누군가를 가장 잘 찍을 수 있는 사람은 사랑하는 사람'이라는 말. 왜일지 생각해 본 적 있어? 나는 오늘 이 말을 노트에 적어두고 오래 볼펜을 굴렸어.

내가 결론 지은 첫 번째 이유는, 애정 어린 시선으로 바라보기 때문이야. 어느 쪽에서 바라본 얼굴이 더 어여쁜지, 그 사람이 자신의 어떤 모습을 좋아하는지 알고 있잖아. 그리고 두 번째 이유는, 행복한 순간에 옆에 함께하고 있을 확률이 높다는 거야. 곁에 머무는 시간이 길고, 서로가 서로에게 행복이 될 수 있잖아.

어딜 가나 카메라를 들고 다니면서, 휴대폰으로 사진을 찍지 않게 된 지가 꽤 되었어. 그전엔 며칠만 지나도 휴대폰 앨범에 사진이 수두룩하게 쌓였는데. 지금의 앨범은 위로 몇 번만 올려도 달이 지나가고, 계절이 바뀌게 되었어.

휴대폰과 카메라는 재질이 달라서 둘 다 찍고 싶지만, 한 손에 카메라를 들면 휴대폰을 꺼내 드는 게 번거로운 일이 돼. 꼭 찍고 싶은 풍경은 카메라를 어깨에 걸고서라도 휴대폰을 꺼내지만, 매번 그럴 수는 없는 일이니까.

그게 아쉬워, 오늘은 휴대폰 사진첩을 정리했거든. 사진은 남겨두려 찍는 거잖아. 사진첩을 돌아보며 '왜 남기려고 했던 걸까?' 혼자 남아 물어. 지나가는 것들에 대한 지질한 반항 같은 것일까?

망각이 두려워서일지도 모르겠어. 모든 순간은 시간에 갇혀 흘러가 버리고, 나는 흘러가는 모든 순간에 얼마씩의 아쉬움을 가지는 사람이야. 순간을 남기는 건 흐르는 강에 물길을 내고, 빈 땅에 연못이나 호수를 만드는 일이야.

타인의 사진을 찍는 것은 그 사람의 순간을 남겨두기 위해서이기도 하지만, 남겨주고 싶기 때문일 때도 잦지. 남기기 위해서 찍은 사진은 남아. 당연하고 따분한 말이지. 하지만 때로는 그게 문제가 될 때도 있어. 더는 그를 기억하고 싶지 않을 때. 당신은 이미 흘러갔는데, 남겨두자고 찍은 사진은 고여 있어서 물길을 터주지 않으면 흘러가질 않아.

이런 질문을 들은 적이 있거든.
잊고 싶은 사랑이 있느냐고.
나는 '없다'라고 답했어.

돌아보면 그랬어. 지난 사랑이 이제는 내 곁에 없다고 하더라도, 그리고 그 이별이 얼마나 지저분하고 아팠더라고 하더라도. 잊고 싶은 사랑은 없었어. 할퀴고 찢어발기던 사랑마저도 그 순간엔 좋았어.

아니었더라도, 그렇게 기억하고 있어. 그게 적어도 지금 '사랑이었다'라고 말할 수 있는 것이라면.

저마다의 물웅덩이를 처리하는 방법은 사람마다 달라. 물을 모두 흘려보내고 다시 흙으로 메꾸는 사람이 있는가 하면, 그대로 두는 사람도 있겠다. 나는 어떤 사람일까 하다가, 주인 잃은 웅덩이에 댐을 짓는 사람이구나 싶어. 무너지지 않게 단단한 구조물을 짓고, 수문을 열어 넘치지 않을 만큼, 혹은 바닥이 마르지 않을 만큼 물을 흘려보내.

찍어주었던 사진과 내가 찍힌 사진. 웃는 얼굴들이 많아. 남은 사진들을 지우며 한 장소에 한두 장씩을 남겨놔.

저기, 저 때.
좋았지. 행복해 보인다.

오후엔 밖에 나가 내가 웃고 있던 사진의 배경을 찾아 찍었어. 마침 같은 계절이어서 다행이야. 나는 지금 책상 위에서 편지를 쓰고 있지만, 그때의 나는 여전히 그곳에서 웃고 있어.

사랑하자

보고 있자면, 개나리가 피는 사오월의 바람이 가슴에 드는 이들이 있다. 사랑이 많은 사람들. 그런 사람들을 보면 신기하다. 연인이나 당장 사랑을 나눌 사람이 있는 것도 아닌데, 이미 사랑으로 충만해 있다. 마음에 연못이 찰랑찰랑 넘쳐 어디로든 흐를 수 있을 것 같다.

운이 좋으면 이따금 그런 이들의 사랑을 목격한

다. 스크린 건너의 관객이 되어 바라보는 그들의 사랑은 빛이 난다. 가만히 앉아 그들의 사랑을 차곡차곡 담다가도, 참기 힘들 정도로 눈이 부시고 눈가가 시려 바라보기 어려워지기도 한다.

부럽고, 고맙고, 또 무섭다. 마른 잡초 무성한 속을 헤집고 뒤적이게 한다. 끝내 엉망으로 만든다. 나는 어떤가. 과연 내게도 저런 사랑이 남았을까, 다시 찾아올까. 갈구하듯 사랑을 말하면서도 바스락거리는 손만 비빈다.

쩍쩍 갈라진 바닥을 긁으며 땅을 파다 보면, 아래 어딘가 수맥이 있지 않을까 한다. 나도 저런 때가 있었는데, 바라보는 이들마다 만연한 웃음을 건네고 시시때때로 사랑을 말하던 때가.

며칠 전엔 그런 말을 들었다.

'사랑하자.'

그 말에 울컥 마른 흙바닥이 젖는다. '행복하자, 행복하자.' 그런 감흥 없는 안부를 말하고 듣기도 했는데. 인사처럼 나누던 '행복하자'라는 말과는 거리가 멀게 느껴진다. 사랑을 하자니. 이전에 '사랑하자'라는 말을 들어본 적이나 있던가. 그 말을 계기로 종일 사랑을 생각했다. 그러다 나중엔 행복과 사랑을 양손에 얹어 재어본다.

사랑과 행복,
행복과 사랑.
둘은 함께인가.

사랑은 행복을 데려오지만, 행복은 사랑을 언제나 데려오지 않는다. 사랑 없는 행복도 얼마든지 있으나 행복이 없는 사랑은 없다. 사랑에 절여지면 갓 태어난 생물처럼 행복의 역치값이 낮아진다. 짝없는 사랑에서마저 기쁨을 찾아내고 만다. 눈 맞춤만으로 바랄 것 없이 충만해진다.

그러나 파도가 없는 바다는 없듯, 사랑은 행복만으로 가득 차 있지 않다. 기쁨, 환희, 쾌락 그리고 행복. 그 너머에 아픔과 슬픔, 그리움과 증오 따위가 멀지 않은 곳에 도사리고 있다. 그러니 사랑을 하자는 말은 마냥 당신의 행복을 빌어준다는 말과 다른 것이다. 아프기도, 슬프기도 또 괴로울지도 모르지만, 우리 사랑을 하자고.

그런데도 어찌 사랑을 바라며 살아가는 것일까 하면, 사랑에서만 느낄 수 있는 행복 같은 게 있어서가 아닐까 싶다. 그 충만감이 마치 조개 속의 진주와도 같아서, 몇만 송이 꽃을 그러모아 채취한 꿀 같아서 그런 거라고. 매일 걷는 길에서 느끼는 행복과는 농도와 당도가 달라서. 손가락이 베여 피가 나고 코가 빨개지더라도 사랑을 바라는 것이라고. 다들 겁이 나서 주춤거리지만 실은 마음속으론 누구나 간절히 원하고 있다고.

그 덕에 '사랑하자'라는 말 한마디에 마른땅이 울컥 젖어버린 것이구나 싶다. 그러니 내가 아끼는 이들에게 먼저 용기 내어 말해주며 살아야지.

사랑하자.

잘 입고 다녀요

유월이에요. 잘 입고 다니나요? 가벼운 겉옷이라도 하나 챙겨서 다녀요. 해가 많이 길어졌지만, 반팔 차림으로 종일을 보내기엔 밤바람이 쌀쌀하거든요. 글쎄, 저도 잘 챙겨 다니지는 못하지만, 그러려고 노력하고 있어요.

아침에 일어나면 먼저 창문을 열고 오늘의 차림을 가늠해요. 건물 사이 하늘은 맑은지, 흐린지. 바람은 차가운지, 미지근한지. 오늘은 반팔인지, 긴팔인지. 그런데 요즘엔 하늘을 보고 티셔츠만 하나 걸치고 나갔다가 해가 지면 추워져 어깨를 움츠리고 집에 돌아오기도 했어요. 그 후로 얇은 외투를 가지고 다니기 시작했어요.

일교차가 큰 날씨엔 어떤 걸 입어야 하나 하고 옷장을 봤을 땐 놀랄 만큼 입을 게 없던데요. 소매 긴 티셔츠를 입자니 낮엔 덥고, 봄에 입던 외투를 입자니 원하는 것보다 미묘하게 두꺼워 들고나가고 싶지 않고. 스스로 옷을 장만하며 지낸 지가 꽤 됐어요. 계절마다 잊지 않고 몇 벌씩 옷을 사기도 하고요.

그런데 왜 꼭 이맘때면
입을 만한 옷이 없을까요?

올해 날씨가 유독 변덕이 심한 건지, 아니면 작은 일교차에도 예민해져 추위를 참지 못하게 된 건지. 이제까지는 몇 도의 온도 차쯤이야 내가 감당하면 그만이지 했었나 봐요. 긴팔을 입어 더우면 땀을 흘리고, 반팔을 입어 추우면 몸에 힘을 주고. 그땐 불편하거나 힘들지는 않았지만, 지나서 보니 미련했군요.

옷을 두 벌 샀어요. 단추가 달린 것과 지퍼가 달린 것. 얇고 가벼운 재킷. 입는 것보다 들고 다니는 시간이 많으니, 주름이 잘 지지 않는 재질로. 이제는 창밖 날씨가 맑고 따뜻해도, 새로 산 얇은 외투를 챙겨야겠단 생각을 해요.

해가 지고 떨지 않으려 옷가지를 샀지만, 있으면 있는 대로 성가신 존재입니다. 아침에 옷장 앞에서 오늘 입을 옷과 함께 대보고 이걸로 입어야겠다고 정해두어요. 그리곤 대문을 닫고서 소파 위에 꺼내둔 외투가 뒤늦게 떠오르기도 합니다. 가방을 등에 메고, 휴대폰, 지갑, 이어폰……. 잊은 게 없나 입으로 되새기는 중얼거림에 언제나 외투는 빠져 있거든요.

집에 두고 나오는 건 그나마 다행일지도요. 낮엔 입지 않고 들고 다니니, 커피를 마신다든가 잠깐 앉아있기라도 하면 금세 잊고 말아요. 의자에 걸어둔 옷을 잊기도 하고, 심지어 바닥에 떨어뜨리고도 알아채지 못하기도 한답니다.

그러니 밖에서는 이 외투가 애물단지처럼 느껴질

수밖에요. 입자니 덥고, 손에 들자니 거추장스럽고, 어디 버릴 수도 없고. 하지만 밤이 되면 어김없이 얇은 티셔츠 위에 입고 도움을 받죠. 그리고 집으로 돌아와선 잘 보이는 자리에 외투를 걸어두며 생각해요.

이거라도 없었으면,

오늘 저녁은 많이 추웠겠다.

온도에 예민해졌다는 건, 조금 더 나를 위하게 되었다는 말이 아닐까요. 더우면 땀 흘리고, 추워 감기가 들더라도 앓고 나면 그만이라 생각한 적도 있었어요. 여태 나 하나 보살피는 일을 귀찮고 번거로운 일이라 여겼어요.

내일도 밤엔 조금 추울 거예요. 얇은 외투를 하나 들고서 나가요. 집 밖에 나갈 때부터 잊을지 모르지만, 밤이 되어도 떨지 않았으면 해요. 내일 날씨가 어떨지 모르듯, 어떤 하루가 될지 모르니까요. 나를 보살피는 마음으로 얇은 외투를 하나 챙겨서 나가요.

보이는 곳에 꽃을 두는 마음

지난봄, 무릎 높이의 적갈색 고무통이 처음이었다. 다세대 주택 2층 계단의 끝에 화분 하나가 놓였다. 그걸 알게 된 건, 어느 식물의 줄기가 흙을 비집고 나온 뒤부터였다. 집주인 부부가 무언가 심어놓았나 보다.

어린 식물은 빠르게 자랐다. 밖을 나서려 현관문을 열면 복도 끝에서, 집에 돌아오면 계단 꼭대기에서.

외출하는 날에도, 방에서 웅크리고 흘려보낸 날에도 식물은 자랐다. 내가 심은 것도 아니면서 여리던 줄기의 초록이 짙어지는 걸 보고 대견하게 여겼다.

꽃봉오리 몇 개가 맺혔다.

튤립이었다.

노란 것이 하나,

붉은 것이 세 개.

어린아이를 둔 부모의 마음이 그럴까. 집을 나설 때마다 인사하고, 계단을 오를 때마다 얼마나 자랐는지 손가락을 대어보고 사진을 찍는다. 선명한 꽃잎의 색이 하루의 시작과 끝에 물든다. 꽃 몇 송이로 일상을 미소로 매듭지어 엮게 됐다.

튤립의 개화가 한창이었던 어느 날에는 안동에 갔다. 강을 보고 싶다는 친구와 함께 열차를 탔고, 산중의 고택에서 하룻밤을 묵을 작정이라고 했다. 봄이 다 왔다며, 덜 핀 벚꽃 사진을 찍다가 튤립 생각이 난다. 화분에 흙을 채운 적도 없고, 씨앗을 심은 적도 없으며, 보살핀 적 없는 고무통 화분 덕에 미리 봄을 받았던 거구나 싶다.

먼 곳으로 떠나온 것도 아니고, 긴 여정을 떠난 것도 아니었지만, 선물 가게에 들러 술을 샀다. 희고 매끈한 자기에 담긴 안동 소주 세 병. 집에 보낼 것, 오늘 밤 마실 것, 그리고 꽃씨의 주인에게 돌려줄 것. 돌아온 서울엔 여전히 튤립이 피어 있었다. 소주가 든 종이 가방을 옆에 두고, 메모장을 찢어 벽에 대고 글씨를 써 붙인다.

'튤립 한 송이 덕에, 나가고 들어올 때마다 웃게 됩니다. 여행 다녀오며 산 안동 소주입니다. 맛있게 드세요. 2층 청년 드림.'

그날로 보이는 곳에 꽃을 두는 마음에 감사하게 됐다. 주변의 꽃과 나무를 담게 된 건 그쯤부터였던 것 같다. 머지않아 튤립은 다 지고 말았지만, 이곳엔 다른 식물들도 많았다. 대문 앞엔 커다란 일일초가 자주색 꽃을 피우고, 여름이 되니 그 옆 화단엔 장미가 흐드러졌다. 식물이 많은 건 세 들어 사는 이 집만의 이야기가 아니었다.

샤워할 때마다 창 너머로 보이는 옆집 옥상은 난간마저 초록으로 뒤덮인다. 봄의 끝 무렵엔 콩꽃이 피고, 콩깍지가 여물 때면 바로 옆 난간에선 호박꽃이 핀다. 이 동네 전체에 꽃과 나무가 가득하다. 카메라를 들고 주변을 걸을 때도 집 앞마다 놓인 화분들을 새로 보게 됐다. 골목의 주택마다 대문에, 계단에 화분이 놓여있다.

이런 풍경이 낯설 만도 하다. 성인이 되기 전까지는 아파트에 살았고, 이제껏 대학가의 원룸이나, 이곳에 오기 전까지 고시촌에 살았으니. 사람의 정성이 깃든 식물을 얼마 걷지 않고도 이렇게나 볼 수 있다는 건 고마운 일이다. 요즘은 걸음을 멈춰 어떻게 가지를 쳤는지 들여다보기도 하고, 한해살이 식물은 무엇이 있는지 수첩에 적어두기도 한다.

밖이 잘 보이는 창가엔 하얀 꽃이 피는 백정화란 식물을 새로 놓았다. 매일 물을 줘야 하지만, 내 집 앞을 걷게 될 이를 생각하며 보살핀다. 다행히 몇 달째 잘 자라준다. 얼마 전엔 낮달맞이꽃의 이름을 처음 알았다. 이 계절을 겪으며 다음 계절을 기다린다. 길고 긴 비가 지나가면 이 동네엔 또 어떤 꽃이 필까.

여 름

곁에 무언가가 생기고 사라지는 건
자연스러운 일이다.
사람을 잘 대하며 살고 싶다.
나와 내 앞의 당신,
이 자리에 없는 그 누구라도.

사람의 취향

오후엔 친구와 카페에 가기로 했다. 그런데 시간이 늦는 바람에 친구의 다음 약속과 겹쳐, 얼떨결에 저녁을 먹게 됐다 . 일정에 없던 식사 자리에 낯선 사람까지 함께하게 된 거다. 둘은 어떻게 알게 된 사이냐 물었더니, 건너 알게 됐는데 감성이 비슷해서 계속 만나게 됐단다.

그 말이 좋았다. 감정선이 비슷한 사람. 짧고도 낯

선 식사였지만 편안했다. 사람의 취향이나 결이 굳어 단단해지면, 직감과도 엇비슷하게 느껴질 때가 있다. 하나의 감각으로 자리 잡기라도 한 것처럼. 풍경 앞에서 카메라를 들고 싶어질 때의 감각.

사람을 처음 만나고 노래의 첫 소절을 듣는 게, 계절 과일의 첫입을 베어 물었을 때만큼 확실하게 다가오기도 한다. 익었는지, 아직 덜 익었는지. 신지, 단지, 떫은지. 상하지는 않았는지. 곁에 두고 취하고 싶은 것들이 있다. 분명하게 함께 지내고 싶은 사람들이 있다.

필요의 나머지

세상은 필요에 의해 돌아간다. 시장경제에서 말하는 수요와 공급 따위가 아니더라도 그렇다. 조금은 팍팍한 이야기일까. 하지만 글을 쓰고 있는 노트북과 그걸 받치고 있는 책상, 벽에 걸려있는 시계와 이름 모를 작가의 그림 액자도. 눈에 닿는 것 중 필요하지 않은 것을 찾기가 어렵다.

길가에 있는 구둣방에 다녀왔다. 어느 거리에서나

하나쯤은 찾아볼 수 있는, 인도 위에 덩그러니 놓인 간이건물. 실은 이번이 두 번째 방문이고, 처음은 두 세 달 전쯤이었다. 일상화로 구두를 신는 날이 많아졌음에도 쉽게 들르지 못하던 곳이었다.

뭐랄까. 한 번도 가보지 않은 내게, 그곳은 날렵하고 반짝반짝 광이 나는, 어쨌거나 내가 신는 것들과 뉘앙스가 조금 다른, 구두를 취급하는 곳으로 머릿속에 그려지곤 했다. 나름의 용기를 낸 셈이다.

새 구두를 산 지 얼마 되지 않아서였는데, 신던 구두를 맡겨도 신을 신발이 생겨서 올 수 있게 된 거였다. 일 년 넘게 신은 구두와 그보다 조금 더 오래 신은 구두. 두 켤레 모두 뒷굽의 바깥쪽이 닳았다. 나도 몰랐는데 내 걸음걸이 모양이 그랬었나 보다.

이틀 뒤에 받아온 신발은 상상했던 것처럼 눈부시게 광을 내지도 않았고, 닳았던 굽에 덧댐판을 이용해 말끔하게 수선만 된 상태였다. 덕분에 이번에는 망설이지 않고 문을 밀어 열었다.

신발 앞코가 벌어져서요.

삼 개월 전에 샀다는 그 구두다. 비싼 돈을 들여 샀던 신발은 아니지만, 오랜만에 산 거여서 꽤 아껴 신었다. 그런데 얼마 전부턴 계단을 오르다 넘어질 뻔한 일이 번번했다. 계단을 걷는 건 다리를 얼마나 들어야지 생각하지 않아도 어렵지 않게 해낼 수 있는 일이다, 원래라면.

하지만 몇 번이나 신발 앞코에 걸려 넘어질 뻔했다. 밑창 앞쪽의 마감이 부실했던 건지 보기 흉하게 벌어져 있었다. 모처럼 마음에 드는 신발이었던 터라, 더 망가지기 전에 구둣방에 가지고 온 거다.

신발을 애지중지한다는 것은 자주 신는 것일까, 가끔 신는 것일까. 쓰이려 만들어진 것에는 무엇이 더 위하는 쪽일까. 나는 대체로 전자인 듯하다. 신발을 사면 보통은 그렇다. 신발을 자주 사는 편인지 아닌지는 모르겠지만, 돌아보면 하나를 사고 나서 다음 것을 사는 데까지의 기간이 비슷비슷했다.

그동안 묘하게 달라진 취향 때문인지, 낡은 외관과 닳은 굽 때문인지, 그전까지도 자주 신던 신발에 손이 가지 않게 된다. 새로 산 신발을 신는다.

오늘 현금 이천 원을 가지고 가서 맡겨두었던 구두를 찾아왔다. 이 신발이 닳으면 또 새 신발을 사게 될까. 그건 언제쯤일까. 여태 그랬던 것처럼 일 년 뒤쯤엔 사고 싶은 구두가 생길 거다. 아니, 사고 싶은 신발이 생긴다기보다는, 신발이 낡고 굽이 닳았다고 느끼면 부지런히 신발을 찾아보기 시작한다.

마음에 드는 신발이 있나 하고. 실은 마음에 드는 신발이 보일 때까지 찾는 거지만. 평소엔 잘 들르지 않는 신발가게도 보일 때마다 기웃거리기도 하면서. 다른 것들보다 좀 더 오래 머무를 뿐이지, 신발도 다 쓰면 버리는 샴푸 통과 다를 게 없는지도 모른다.

물론 낡은 신발을 보관하고 싶었던 적도 있다. 그렇지만 일인 가구에 딸린 좁은 신발장을 보고는 신지 않는 신발을 한 켤레씩 내놓기도 했다. 밑창을 덧댄 오래된 구두도, 앞코에 본드를 칠한 새 구두도 또 굽이 닳겠지.

곁에

무언가가 생기고 사라지는 건

자연스러운 일이다.

사람은 만들어낸 물건이 아니지만, 과연 사람이라고 크게 다를까. 언젠가 나누었던 이야기가 있다. 필요해서 찾아오는 관계에 넌덜머리가 난다는 누군가의 말에, 나는 나를 필요로 해주는 사람이 있어 고맙다고 말했던 사람이 있다. 사랑하는 이들의 필요를 충족시켜줄 수 있는 것에 감사하다고 말했다. 나는 그 말이 멋있다고 생각했고, 어쩐지 안쓰러웠다.

같은 모양으로 닳은 뒷굽들. 나 또한 발등의 주름이고 경사진 밑창이었다. 헌 옷 수거함 옆에 여러 켤레의 낡은 신발을 두고 왔으면서도. 쓰일 곳 없이도 곁에 있고 싶다는 이기적인 마음. 좁은 신발장의 자리를 살핀다. 필요한 것들로 둘러싸인 방에서 낡고 닳은 욕심을 부린다.

필요의 바깥에 있고 싶다.

마음을 사는 방법

노련하고 영리한 것과 교묘하고 영악한 것의 차이는 뭘까. 오래된 수첩의 별표가 달린 몇 년 전 메모를 살피다 떠오른 생각. 몇 년 전 마케팅 회사의 모집 공고를 보고 연락해 출근한 적이 있다. 업무 내용은 사무 보조 및 기타 잡무. 마케팅에 흥미가 있었고, 어깨너머 뭐라도 보고 들을 수 있을까 싶어 지원했다.

하지만 출근 첫날 안내받은 일은 공고와 달랐다.

일정한 간격으로 배치된 유선 전화기, 그 앞에 줄지어 앉아 상품을 영업하고 판매하는 사람들. 그들 사이에 내 자리가 생긴다고 했다.

'상품'이라는 건 고객의 사업체를 블로그나 SNS 등으로 홍보해주는 '온라인 마케팅 상품'이었는데, 사무실은 높은 톤의 목소리와 전화벨이 난무하는 그야말로 전쟁터였다. 그 사무실로 다시 출근할 생각은 없었지만, 마케팅에 대해 강의를 해준다기에 잠자코 앉아 들었던 첫날이었다. 그 자리에서 여러 가지를 배웠고, 수첩에서 찾은 메모는 그날의 흔적 중 하나였다.

숫자가 매겨진 네 가지 항목. 홍보학을 배우지 않아 실존하는 이론인지는 모르겠지만, 유용하다 느꼈기에 수첩을 펼치고 적었겠지. 항목 위엔 '구매 루트'라는 제목이 쓰여있다. 소비자를 소비로 이끄는 네 가지 단계의 방법 정도일까.

종이 위의 손글씨를 옮겨보면 이렇다.

1. 상품 필요성

2. 상품 설명 + 비교 + 회사 소개(신뢰)

3. 금액

4. 행동 구매 욕구(압박)

첫째로 상품의 필요를 제안한다. 둘째로 자신의 상품을 설명하고, 타사와 비교하며, 자사의 검증 자료나 수상 내역 등을 보이며 신뢰감을 준다. 셋째로 금액을 제시하며, 마지막으로 상품이 몇 남지 않았다는 둥 압박하여 행동 구매 욕구를 자극한다. 홈쇼핑 광고나 인터넷 쇼핑 상세페이지만 떠올려봐도 이해가 어렵지 않다.

그리고 이 네 가지보다 더욱 중요한 게 하나 있다. 상대를 이 '구매 루트'에 진입시키는 것. 판매자가 낚시꾼, 구매 루트가 낚싯대라면, 이는 낚싯바늘의 역할. 휴대폰 가게에서 액정 필름을 갈아준다며 들어오게 하거나, 전화만 해도 사은품을 준다는 보험 광고 같은 것.

이를 통틀어 '상술'이라고 말할 수도 있겠다. 상술이란 단어는 일상에서 부정적인 뉘앙스로 등장하곤 하는데, 나는 상술을 나쁘게만 생각하지는 않는다. 상술은 교묘함이나 영악함을 말할 때도 있지만, 약간의 차이로 노련함이나 영리함을 표현하는 단어가 되기도 한다.

상술은 돈이 재화가 되는 소비 활동에서뿐 아니라, 무언가를 주고받는 대가성 교환이라면 대부분 영역에서 적용된다. 마찬가지로 어떤 이들에게는, 혹은 어떤 관계에서는 자신을 팔아 사람의 마음을 사는데도 쓰인다.

나도 누군가의 환심을 사기 위해 부단히 노력한 적이 있다. 살아가며 여러 사람을 만나다 보면, 이런 상술에 통달한 사람들을 마주한다. 그들은 꽤 뻔뻔해질 줄 알고, 기막힌 융통성을 발휘한다. 또한, 사람들이 잘 알아채지 못할 만큼 노련하며, 영리하다.

그런 이들을 만나면 양가감정이 든다. '저렇게까지 해야 하나'와 '어떻게 저렇게까지 할 수 있지?'가 동시에 머무는 거다. 끝에는 약간의 부러움과 질투심마저 생긴다. 여기까지는 여러 감정이 든다고 해도 싫지는 않다.

그런데 개중 다시는 말을 섞고 싶지 않은 사람을 만날 때도 있다. 자신의 이야기를 하는데 타인을 빗대어 말하는 사람. 두 번째 항목 중 '비교'를 사람과 사람의 관계에 쓰는 사람. '-식으로 하는 사람들도 있지만, 나는-' 이라든지. 아닌 척 타인을 밟아 짓누르며 자신을 높이는 화법을 쓰는 사람들. 역시나 대부분의 사람이 위화감을 느끼지 않도록 문장을 만들어낸다.

정도만 다를 뿐 관점의 차이가 아니냐고, 무슨 문제냐고 묻는다면 할 말이 없다. 나 또한 때로는 계산적으로 관계를 대하고, 이해타산을 가늠하며 대화를 이어나가기도 한다. 그저 사람을 수단으로 사용하는 게 싫을 뿐이다. 노련하고 영리한 것과 교묘하고 영악한 것의 차이는 근소하지만 명확하다.

누구라도 피해받는 이가 있는가.
사람을 잘 대하며 살고 싶다.
나와 내 앞의 당신,
이 자리에 없는 그 누구라도.

같은 노트북,
같은 충전기

"저기 혹시……."

화장실을 다녀와 자리에 앉는데, 어디선가 나타난 사람이 말을 걸어온다. 본 것 같은데 이 사람. 어디서 봤더라. 처음 보는 얼굴인데 차림이 낯익다. 낯선 사람이 말을 걸어오는 건 오랜만인데. 내가 뭘 잘못했나?

"노트북 충전기 있으세요?"

기억났다. 오른쪽 대각선 테이블, 혼자 앉아있던 사람. 화장실 가는 길에 지나치며 '내 것과 같은 노트북이네' 생각했을 뿐이다. 워낙 흔한 기종이기도 하고, 이 카페에만도 몇 명은 쓰고 있을 텐데. 멀지 않은 곳에 있어 그새 낯이 익었나. 디자인 작업을 하는 것 같았는데. 아, 그런데 나는 충전기가 없다.

"죄송해요. 충전기가 없네요."

이것밖에 할 말이 없다.

"아녜요. 제가 작업을 하는 중이었는데, 도중에 갑자기 노트북이 꺼져서요. 노트북이 같아서 여쭤봤어요. 큰일이네요. 어쩌지."

없다고 말하면 갈 줄 알았는데. 자신이 처한 상황을 친히 설명해 주고도 서 있길래, 나도 이야기를 덧붙였다.

"아 저는 충전기가 무거워 항상 노트북을 다 충전한 후에 나오거든요. 죄송합니다."

멋쩍은 웃음들과 인사치레가 몇 번 더 오가고 나서야 우리는 헤어졌다. 다시 앞의 화면을 보다가도 생각이 나서 몇 번은 고개를 들어 바라보게 된다. 자리에 있을 때도 있고, 없을 때도 있고. 다른 이들에게 또 물으러 갔을까. 몇십 분이 지나니 테이블 위에 노트북은 없고, 수첩과 휴대폰만 남았다.

덕분에 나는 배터리가 없는 것도 아닌데 일에 손대지 못하고 있다. 급한 일인가. 그렇다고 해도 도와줄 방법은 없는데. 실은 그가 말을 걸어오기 전부터 신경 쓰고 있었던 걸까. 단지 그 사람뿐만 아니라, 혼자서 노트북을 펴고 앉아있는 사람들에게는 눈길이 한 번 더 간다.

앞의 화면에 담긴 세상에 호기심이 생긴다. 노트북이 꺼졌다는 저이처럼, 사진을 오리고 붙이며 뭔가를 만드는 사람도, 나처럼 흰 창 위에 검은 글씨를 채워 넣는 사람도 있고, 다양하다. 쓰다 말고 주변을 둘러보며 그들에 관해 상상한다.

지하철에서도 그랬다. 맞은편의 사람이 책을 읽으며 앉아있을 때, 무언가를 바지런히 적고 있을 때, 괜히 궁금해진다. 내가 아는 책일까, 손바닥만 한 수첩엔 어떤 단어가 적힐까.

껍데기 대신 속을 보고 싶다. 당신을 수식하는 말들 대신, 당신을 이루고 있는 단어들을 알아가고 싶다. 하지만 만나는 모든 이의 모든 면면을 알기에는 내 삶이 너무나 피로해져서 나와 비슷한 이들을 찾으려 하는 게 아닐까.

혼자, 노트북, 책, 메모…….

그런 단어들을 마주치면 고개를 숙이는 게 힘들어진다. 반대로 생각하면 타인을 만났을 때 골라 집는 단어들은 나를 이루는 말들이 되기도 할까. 언젠가 내가 더 살가운 사람이 된다면, 인사를 건네볼 수도 있지 않을까. 책 이름을 묻고 메모를 교환해볼 수도 있지 않을까.

다시 바라보니 우리의 접점을 묻던 그는 이미 떠난 뒤고, 나는 오늘도 터무니없는 상상을 이어나간다.

깨끗한 즐거움

잠에 휘둘리며 꿈꾸듯 몽롱한 일주일을 보냈다. 아침 해가 밝아서 잠들기도 하고, 저녁이 오기 전에 픽 잠들어버리기도 했다. 잠은 제때 들지 않는데 하루 일정이 있는 터라, 사나흘을 네 시간 안팎으로 잤다. 그러다 결국 어제는 내리 열두 시간을 자고 말았다.

말썽의 시작은 커피 두 잔이었다. S를 만난 날이었다. S는 사진을 찍는 친구인데, 주로 카페를 다니며 공간 촬영을 한다. 그간은 사진과는 무관한 회사에 출퇴근하다가 최근에 프리랜서로 전향해 생활하고 있다.

얼굴 보고 이야기도 나눌 겸 카페에서 만나기로 했다. 그에게는 공간 촬영도 겸한 외출이었다. 정오에 을지로에서 만나기로 한 탓에 오전 일찍 일어나 준비를 하고 나섰다. 출근할 곳을 잃고 오후에나 일어나던 내게는 낯선 약속 시간이다.

S에게는 그만의 카페 방문 수칙이 있다. 첫째는 볕이 잘 드는 시간대에 방문할 것. 둘째는 사람이 적은 시각에 방문할 것. 두 조건을 모두 만족하기 위해서는 가게가 개점하자마자 방문하는 게 최선이다.

그 이른 시각부터, 그는 하루 평균 세 군데의 카페를 방문한다고 한다. 말이 되는 소린가 싶었지만, 컨디션이 좋은 날에는 다섯 군데도 간다는 말에 할 말을 잃었다. 그렇게 커피를 마시고도 날마다 오전에 일어나 또 카페에 갈 수 있다는 사실이 대단하게 느껴질 따름이다.

그날도 결국 커피 한 잔으로 끝나지 않았다. 너무

일찍 만난 탓에 커피를 마시고, 늦은 점심을 먹었는데도 시간이 애매하게 남아 또 카페로 가게 됐다. 나도 S를 만난 김에 한 잔쯤 더 마시는 것도 괜찮지 않을까 하고, 플랫화이트flat-white 한잔을 마셨지만, 그래서는 안 됐던 거다. 그 덕에 수면 패턴이 망가지고 잠에 쫓기는 일주일을 보내게 됐으니.

길티 플레저Guilty Pleasure라는 말이 있다. 죄의식을 동반하는 즐거움. 시간이 흐르는 것을 알면서도 가만히 누워있을 때, 아무 일도 하지 않았다는 죄책감Guilty과 쉬어서 기분이 좋은 감정Pleasure이 동시에 존재하는 것도 예가 된다.

'커피를 마시는 것' 또한 내게는 길티 플레저다. 커피를 마시면 분명히 잠을 설치겠지만, 익히 아는 맛을 굳이 느끼고 싶어 결국 마시고야 만다. 죄책감을 느낄 만큼 카페인에 예민하고, 알면서도 마실 만큼 좋아한다는 말이다.

그렇다 보니 커피에 대한 기준이 까다롭지는 않지만, 맛이 형편없는 곳에서는 한두 모금을 마시고 잔을 내려놓는다. 보통 커피를 마시지 않고 하루를 보내지만, 마셔도 하루에 한 잔이다. 그러니 그날의 두 잔은 내게 위험할 만도 했다.

오랜만에 만난 S의 표정이 떠오른다. 그도 커피 한 잔에 잠 못 이루던 때가 있었을까. 잘 됐다. 하루에 커피를 몇 잔이고 마실 수 있다는 사실보다, 좋아하는 걸 원하는 만큼 하고도 즐길 수 있다는 사실이. 순수한 기쁨을 느끼며, 그것으로 살아가고 있다는 사실이. 살아가다 보면 깨끗한 즐거움은 사실 많지 않다. S가 여러 카페를 다니고, 사진을 찍으며 지낼 수 있게 되어 다행이라고 생각했다.

내일은 푹 자고 일어나서 편한 의자가 있는 곳에 찾아가서 책을 쌓아두고 읽어야지. 노트에 적힌 글감들을 만지며 하루를 보내야지. 커피도 한 잔 정도는 마셔도 괜찮지 않을까.

무슨 낙으로 살아요?

함께 일정을 끝낸 친구가 데려다준다기에 그의 차 조수석에 탔다. 4인승 승용차엔 나와 그 둘뿐이었고, 도로 위엔 우리를 태운 차 외에도 차들로 북적였다. 목적지를 설정해둔 휴대폰 길 찾기가 알려준 시간까지 아직 한 시간이 남았다.

버릇처럼 내뱉는 질문이 있다. 오랜만에 만난 사람과 술을 한잔 기울일 때, 왁자지껄 웃고 떠들다 사듯 진지한 분위기가 되어, 대화가 깊어지려 할 때. 혼자서는 답을 찾지 못해 만나는 사람마다 물어왔다. 그렇게 2년째 안 주머니에 넣고 다니는 물음이 있다.

무슨 낙으로 살아요?

당신을 살게 하는 원동력은 뭔가요?

때에 따라서 질문의 모습이 조금씩 달랐지만, 묻고자 하는 것은 같았다. '지금의 당신을 살게 하는 것은 무엇인지.' 처음 이 질문을 들으면 대개는 멈칫한다. 나는 무엇으로 살아가고 있는지, 를 스스로에게 처음 묻는다는 이도 있었다. 끝내는 아무 대답을 못하거나, 고민 끝에 단어나 문장을 뱉는다.

여러 답을 들었다. 사랑하는 사람, 돈을 많이 버는 것, 사랑 그 자체로의 사랑, 함께 살아가는 반려동물, 이루고 싶은 자신의 성취. 두 해간 물어온 사람의 수만큼이나 돌아오는 답이 달랐다. 그 답들을 식물의 목과 과를 분류하듯, 속으로 몇 가지 갈래를 나누어 보기도 했다.

"형은 '형을 살게 하는 원동력'이 과연 뭐라고 생

각해요?"

"사람이지."

순간의 머뭇거림 없이 답이 돌아왔다. '사랑하는 이들을 위해 살아간다'라는 답은 몇 번 들었다. 그런데 그가 이내 한 문장을 덧붙인다.

"나는 내 주변 사람들에게 더 베풀고 싶어서 사는 것 같다."

다음으로 그가 하는 말들이 흐르는 물을 만들고, 이 한 문장을 받쳐 떠오르게 한다. 자신은 나와 달리 이제 생활이 굳어졌다고 했다. 회사라는 매일 속한 사회가 있고, 자고 일어나 출근하고, 일하고, 퇴근하고, 평일을 그렇게 보내다 주말에야 보고 싶은 사람들 보는 게 낙이란다.

회사에서 수도 없이 많은 사람을 만나지만, 회사 사람들은 회사에 남겨두고 싶다고. 이제는 더 마음에 자리를 내어 사람을 사귀고 싶지 않다고. 이전에는 '일이 전부'라고 생각하며, 자신의 삶까지 내팽개쳤었는데 겪어보니 그게 아니었단다.

그러니 이제 내게 남은 사람들에게 할 수 있는 걸

베풀고, 갚으며 살고 싶다고 했다. 같이 잘 살고 싶다고 했다. 그는 오늘도 화장품이 가득 든 상자를 사람 수대로 들고 왔었다.

이렇게 생각하면서도 살 수 있구나.

사랑하는 사람들을 위해 살아간다는 것과 그들에게 베풀기 위해 살아간다는 것은 다르게 들린다. 나 살길만 찾아 헤매던 내가 아주 조금 못나 보였다. 연이어 그는 잊지 못하는 순간이 하나 있다고 했다. 회사에서 지금의 부서로 옮기고, 어머니 아버지와 함께 첫 여행을 간 날을 잊지 못한다고. 계획과 경비 모두 스스로 마련한 첫 여행. 첫날 호텔 스파에서 몸을 담글 때 부모님의 표정을 잊지 못한다고.

"'내 자식 이제 다 키웠구나' 하는 그런 후련한 표정을 짓더라니까."

어째선지 그의 말에 가슴이 저리다. 말로 대답을 뱉기 전에 이유를 알았다. 나는 아직 보지 못한 표정이다. 떠올려보려고 해도 근심 어린 표정만 기억이 난다. 잊고 살았다. 잊으려 하며 살았다.

내게는 매일 속한 사회가 없다. 매일 만나야 하는 이도 없고, 아침마다 울리는 요란한 알람 소리도 없고, 퇴근 후의 지긋한 회식도 없다. 이전엔 동료라는 이름으로 얼굴을 외우던 이들이 있었지만, 그마저도 이제는 한두 달에 한 번이다. 만나면 즐거운 친구들 정도가 됐다. 굳어진 생활이 없다.

누군가는 자유로워 보인다고 한다. 부럽다는 말을 듣기도 했다. 하지만 아무것도 하지 않으면 아무 일도 일어나지 않는 삶은, 돌아가는 팽이만큼이나 불안하고, 불안정하다. 시선으로부터 펜을 세우기에 스스로 이불을 걷고 일어나야 한다. 삶의 모든 자극을 자의로 만든다. 매 순간 새로운 것을 찾아서 보고, 읽고, 걸으며 생각해야 한다.

당신은 무엇을 원동력으로 사나요?

집에 돌아와서 다시 질문을 되새김질한다. 나는 무엇으로 살아가는가. 숙제 같은 질문이 피어오른 진원도 이런 삶의 모습 때문 아니었을까. 보아야만 하는 것이 없기에 보고 싶은 것만 보고 살았다. 그것만으로 생각할 거리는 넘쳐났고, 더는 불안에 떨고 싶지 않았다. 꽃과 나무, 하늘과 바람을 이야기하며 삶에서 부정적이라고 생각되는 것들은 모두 외면하려고만 했다. 생의 뒷면을 등지고만 살았다.

이 땅 위에서 무언가 움직이기 위해서는 마찰력이 필요하다. 주변에는 얼마든지 꺼끌거리는 바닥과 거친 표면이 있다. 나를 생각하는 사람들과 아직 공백으로 남은 삶의 체크리스트 같은 것들. 하지만 나는 그걸 모르는 척 살았던 거다. 그걸 알면서도 모른 체를 하며, 왜 내 걸음에선 발소리가 나지 않는지를 물어왔던 거다.

여전히 내가 무엇을 동력으로 삼고 살아가는지는 모른다. 하지만 이제 신발 밑창의 요철과 손끝에 닿는 거친 벽의 질감이 선명하다. 바닥과 굴곡. 힘을 받고 나를 밀어줄 것들을 생각한다.

좋은 태도를 가진 사람

카페에 앉아있는데 앞 테이블 두 사람의 대화 소리가 들려온다. 엿들을 심산은 아니었지만, 모른 척하기엔 거리가 가깝다. 상대적 약자와 편견, 차별에 관한 이야기. 대화의 흐름이 매끄럽다. 서로의 견해가 달라도 절대 언성을 높이는 법이 없다.

내가 키보드를 두드리는 동안 둘은 몇 시간이나 이야기를 나누었다. 그 모습이 라켓을 하나씩 쥐고 공을 주고받는 것 같다. 대화에서는 각자의 경험과 지식도 중요하다는 걸 알고 있었지만, 나는 그들로부터 대화의 첫 번째를 배웠다.

바로 '대화를 대하는 태도'. 서로 다름을 인지하고, 차분히 자기 생각을 말하는 일. 연약한 짐승의 털을 쓰다듬듯 조심스럽게. 이는 상대에 대한 존중을 포함하며, 자신을 내세우지도 낮추지도 않는 것이다. 그들의 옆에 앉고 싶다는 생각을 한다. 대화를 다룰 줄 아는 사람과 이야기를 나누고 싶다.

새잎이 자라는 나무

스웨터 위에 외투를 두 겹이나 껴입고 나왔다. 건조해진 탓일까, 오늘도 거울 앞에서 노화에 대해 고민했다. 늙어가는구나. 적어도 나는 그렇게 느낀다. 로션이나 크림을 한 번 더 덧발라도 피부가 금세 마르고, 목과 눈가의 실금이 깊어진다. 실은 올해 유독, 차오르기보다 사그라들고 있다는 기분이 잦았다.

흔히들 '아재 개그'라고 부르는 유치한 말장난, 나

는 그런 언어유희가 좋다. 언어로 하는 낱말 놀이가 좋아서, 그리고 이후 상대방의 반응을 관찰하는 게 좋아서. 하지만 요즘엔 돌아오는 아저씨냐는 말이 가끔 분하다. 어릴 때부터 애늙은이라는 말을 들었지만, 그것과는 내의가 다르다. 그땐 뿌듯하기까지 했는데, 이제 '애'라는 말을 붙여주지도 않는다.

정말? 그래 보여?

선뜻 반박하지 못하고 꿍하며 되묻는 이유는, 같은 연령대의 지인 중 몇몇은 벌써 배가 불룩하게 나오고, 나이라는 숫자를 무기로 언성을 높이기도 한다. 어릴 적 함께 말하던 '아저씨'란 모습에 가까워졌다. 아직도 나를 말하는 나이에 맞는 사람이 되지 못한 것 같은데, 움찔거리는 동안 연거푸 다음, 그리고 다음 해가 밀려온다.

못난 생각이지만, 살며 '저런 사람은 되지 말아야지' 되뇐 적이 많다. 타인의 부분만으로 내린 성급한 결정일 수도 있다. 하지만 그 순간의 그 부분만큼은 멀리하고 싶었다. 돌아봐도 그렇다. 대개는 나보다 나이가 많은 사람들이었고, 이해할 수 없는 부분들이 있었다.

올해도 그런 경험을 했다. 대화 중에도 자신은 '열려 있다'라고 몇 번이나 되짚어 말하는 사람과의 자리에서였다. 몇 시간이나 서로 입 벌려 말을 주고받는데도 전혀 대화랄 게 되지 않았다.

벽을 보고 이야기하는 동안,
잘못한 게 없는데도
벌을 받는 것처럼 억울했다.

그래서 나는 여전히 싫어하는 사람이 있느냐는 물음엔 '제 생각이 정답인 줄 아는 사람'이라 답한다.
연령대의 평균적인 겉모습이란 게 있다. 그러니 사람들은 동안이라거나, 노안이라거나 하는 말을 쓰기도 한다. 어려 보이는 얼굴, 나이가 더 들어 보이는 얼굴. 하지만 겉이란 지금의 모습이 어떻건 간에, 차츰 평균치를 따라 늙어간다. 그게 당연하고 자연스러운 것이다.

젊다는 것과 늙는다는 건 무엇이고, 또 그렇게 보

이는 건 뭘까 하다가, 어제 만난 친구가 떠올랐다. 그는 친구이기도 형이기도 하며, 때로는 선배고 선생이 된다. 아끼고 존경해 마지않는 사람. 그는 나이를 입밖에 잘 내지 않지만, 나와는 열 살이 좀 더 넘게 차이 난다. 그와 대화하고 생각을 나누는 것이 좋다.

다른 말을 할 것도 없이 그는 젊다. 차분히 앞사람의 말을 들을 줄 알고, 군더더기 없이 생각을 말할 줄 안다. 여전히 자기 일을 사랑하며 그 앞에서는 눈이 빛난다. 이따금 그를 보며 커다란 나무를 그린다. 나무의 밑동은 두껍고 껍질은 딱딱할지언정, 가지에서는 쉬지 않고 새잎이 자란다.

내가 두려워한 것은 단순히 나이가 들고, 더 늙어 보이는 것이 아니었음을 깨닫는다. 몸 곳곳의 살이 주름지거나 처지고, 갸름해 보이는 얼굴을 잃는 것이 무서운 게 아니다.

'생기'를 잃는 것.

생기란 굳지 않은 상태이며, 어디로든 흘러갈 수 있음을 의미한다. 딛고 일어날 수 있는 체력과 의지,

이견을 수용할 수 있는 유연함과 해낼 수 있다는 믿음이다. 나무껍질 속에 흐르는 수액, 새잎을 내는 생명력이다.

속에 나무 한 그루를 심어야지. 세월이 묻어 거칠어질지언정, 키가 자라며 단단하게 굳어가는 나무. 흔들리지 않는 밑동을 가지고 봄마다 새잎을 내는 푸른 나무. 드는 나이와 젊고 늙음에 대한 집착을 거둔다. 눈가의 주름 대신 눈동자를 바라볼 줄 아는 사람이 되기로 한다.

마 찰 열

낯설고 당황스럽다. 화가 나고 누군가를 미워한 적이 너무나도 오랜만이었다. 작은 다툼이 있었다. 말하기도 부끄러울 정도로 사소한 것으로 인한 싸움. 지금은 이야기를 잘 나누고서 탈 없는 사이가 되었다. 그렇지만 얼마간은 마치 내가 아닌 것 같은 기분으로 살았다. 만들어진 어느 세계관의 등장인물처럼, 종일 생각이 한쪽으로만 흘렀다.

몇 년 만일까. 연인이 아닌 누군가와 싸워보는 게. 사람에게 화가 나고 미운 마음을 가지게 되는 게 이토록 낯선 감정으로 느껴지다니. 가까운 사이도, 대화가 자주 오가는 사이도 아니었다. 차라리 알게 된지 얼마 안 됐다는 게 맞는 말이다.

접촉하는 것들 사이에서는 마찰이 생긴다.

에너지가 변화해 열이 생기고, 그 마찰이 크면 불이 일기도 한다. 어렸을 때도 나는 자주 싸우는 녀석은 아니었다. 하지만 한 번이라도 싸워보지 않은 사람이 있을까. 놀이터 미끄럼틀 아래서나, 교실 뒤쪽 사물함 앞에서나. 주먹다짐이 끝나고도 분이 풀리지 않아 씩씩거리던 기억이 있다.

나이가 들면서 자연스레 싸울 일은 줄어들었다. 어릴 적처럼 겁 없이 성큼 타인과의 거리를 좁히지도 않고, 강한 마찰이 일고 나면 수습해야 할 것들이 있다는 걸 알게 됐다. 수습하여 되돌릴 수 있는 것이라면 다행인 일이다.

나는 그만큼 번거롭고 귀찮은 걸 감수하면서 싸울 만큼, 자제력이 부족하거나 마음에 여유가 넘치는 사람이 아니었다. 이해하고 참을 수 있다며 피해왔던 거다. 상대도 어련히 그렇겠거니 하면서. 고백하자면 어느 정도는 자신도 있었다.

미움받기를 싫어하는 나는, 마찬가지로 누군가를 미워하지 않을 자신이 있고, 어긋남이 싸움으로 불거지기 전에 해결해낼 능력이 있다고 생각했다. 하지만 모든 마찰이 비행기가 착륙할 때처럼 계획적으로, 그리고 조심스럽게 일어나지는 않는다. 교차로를 건너는 차를 들이받듯 갑작스러운 마찰도 있다.

손가락이 떨리고, 어떤 말을 뱉는지조차 스스로 알 수 없었다. 누가 신호를 어겼고, 속도를 줄이지 않았는지 따위는 이미 중요한 게 아니었다. 닥쳐온 흥분에 휩싸여 행동하는 게 다였다. 상처 나거나 멍든 곳은 없었지만, 아이들 주먹다짐이나 다름없는 싸움이었다.

그렇게밖에 싸울 수 없었을까.

애초에 노련하게 싸우는 사람도 아니었지만, 수영하는 법을 잊은 사람처럼 물에 빠져 허우적대는 꼴이라니. 아주 잘 싸우는 사람이 되고 싶다. 상대를 흠씬 두들겨 패줄 수 있는 사람이 되고 싶다는 게 아니다. 압도적인 승리를 쟁취해내고 싶다는 말도 더더욱 아니다. 그저 잘 싸워내고 싶다. 내가 사는 모습은 지금까지와 크게 변하지 않을지도 모른다. 하지만 일어난 싸움에 잘 대처할 수 있는 사람이었으면 한다.

이기든, 지든.
갑작스러운 마찰이 생길지언정
그 속에서만큼은
차분하게 싸워내고 싶다.
상대의 공격을 잘 받아내고,
적절한 곳에 한 수를 두고 싶다.

삶을 살다 보면 화가 날 수도, 누군가를 미워할 수도 있다. 잘 싸우고 싶다는 말은, 얽힌 감정의 타래를 끊어내기보다는 잘 풀어내고 싶다는 말이다. 그렇게 된다면 우리가 조금은 더 가까워질 수 있지 않을까.

크고 작은 마찰을 무서워하지 않고. 바로 내 앞까지 거리를 내어주면서도, 나도 당신도, 서로가 다치지 않게.

두유

어릴 적 살던 집 냉장고 앞엔 종종 두유가 한 박스씩 있었다. 달짝지근한 팩 두유가 여러 개 든 상자. 까다로운 입맛도 아니면서 두유는 한 가지만 골라두고 마셨던 게 기억난다. 두유는 애매한 마실 거리다. 선뜻 좋아한다고 말하면서, 사서 마시지는 않는. 있으면 마시지만, 찾아 마시지는 않는.

냉장고 앞에 두유가 없어도 그저 그러려니 했다.

가끔은 먼저 마시고 싶다는 말도 했지만, 어머니가 사다 놓으면 그때 하나씩 먹는 편이었다. 그래도 가족 중에선 내가 곧잘 마셨다. 마트나 편의점에 가면 두유 말고도 얼마든지 목을 축일 음료가 많다.

입안을 가득 채우고 목구멍을 간지럽힐 청량음료를 사 마시거나, 이온 음료나 찻물로 갈증을 가시게 할 수도 있다. 단 게 마시고 싶으면 초코우유를 마시면 된다. 마실 거리가 빼곡한 냉장고 앞에서, 솔직히 두유란 항목은 선택지에 들어온 적조차 없다.

이번 달엔 두유를 한 박스나 샀다. 그것도 '99.89'라고, 설탕도 다른 어떤 첨가물도 들어가지 않았다고 쓰여 있는 두유. 혼자 살고 나서는 군것질 대신으로 마실 거리를 사두곤 한다. 집 앞 마트나 편의점에서 사는 것보다 인터넷으로 한 번에 주문해 두는 게 몇 배는 값이 싸서, 박스째로 구해두고 마신다.

그러면 집에서 나갈 때 음료를 하나씩 집어 들고 나가니, 생활비도 아끼고 집에서 무언가를 마시고 싶을 때 밖에 나가지 않아도 돼서 좋다.

저번 달까지는 냉장고에 탄산수가 가득이었다. 사

려던 게 두 박스부터 구매가 가능해서 복숭아 맛, 청포도 맛 탄산수를 두 달이 넘게 마셨다. 두유와 탄산수는 음료라는 것 말곤 공통점이랄 게 없는 것 같지만, 결정적인 공통점이 하나 있다. 바로 다이어터들이 즐겨 마시는 음료라는 것. 살이 오르니 몸이 무거워져 체중을 조절하려 노력한 지 꽤 됐다.

탄산수도 잘 마셨지만, 20 페트씩 두 박스를 연달아 마시니 복숭아 맛이고, 청포도 맛이고, 향료의 맛이 입에 물려서 더는 마시고 싶지 않았다. 무엇보다 목이 마를 때 마시면 갈증이 더 심해지기도 하고, 물 대용으로 마셔볼까 했더니 그마저도 안 된다는 말이 있어 다른 음료를 찾기로 했다.

그러다 어릴 적 마시던 두유가 생각나서 찾아보다 또 한 박스를 샀다. 카페에서 비건 메뉴를 만들 때 우유 대신 쓴다는, 설탕 한 톨 들지 않은 두유. 그도 그럴 게 체중 조절을 목적으로 마시는 것인데 설탕이 들어서야 소용이 없으니. 냉장고 문 한쪽에 190*ml* 짜리 두유가 가득 채워졌다.

처음 몇 팩을 마실 때는 맛이라는 게 있는가 싶다가, 이제는 집에 있는 날이면 하루에도 서너 개씩 두유를 마신다. 사둔 지 한 달도 되지 않았는데 절반을 넘게 마셨다. 달지도, 목을 긁는 청량감이 있는 것도 아닌데, 어쩐지 계속 찾게 된다. 슴슴하고 별 대단할 것 없는 담백한 맛이 오히려 질리지 않아 손이 간다.

'담백하다'라는 말을 오랫동안 모르고 살아왔다. 입에 넣은 것을 표현할 때 달고, 시고, 짜고, 쓰고 로만 말하던 때. '맛있다, 맛없다'로 음식을 나누던 때. '담백함'은 아직 겪을 수 없는 무언가 같았다. 나이가 어려 술을 마시지 못하는 것처럼, 맛에도 연령 제한이 있는 듯했다. 식탁에서 어른들이 고소하다거나, 담백하다거나 맛이 괜찮다며 이야기를 나눌 때도 혼자서 갸우뚱했다.

두유 같은 사람이 되어도 좋겠다.

한 박스를 더 시키려 인터넷을 뒤적이며 생각한다. 달지도, 짜지도, 시거나 쓰지도 않고, 그저 담백하고 슴슴한 사람. 맛을 아는 이들에게 맛있는 사람. 살아가다 문득 생각이 나고, 기어이 찾게 되는 것만으로도 좋겠다. 목을 긁지도 않고, 혀를 얼얼하게 하지도 않고, 싱거운 두유를 마시듯 고민 없이 찾는 사람이면 좋겠다.

돌 던지기

내가 자란 고향엔 '경화역'이란 간이역이 하나 있다. 동네 이름을 딴 작은 역. 그곳 철길 위로 열차가 다니지 않은 지는 십 년이 넘었다. 열차 대신 봄마다 벚꽃이 가득해서 전국에서 상춘객들이 찾아온다. 일 년에 한 번이지만, 원래도 열차가 많이 지나가던 곳은 아니었다. 두세 시간에 한 대쯤이었나, 나는 그 역을 지나가는 기차 소리를 듣는 걸 좋아했다.

할머니 집에 있을 때면 방 안에서도 그 소리를 들을 수 있었다. 기차 소리가 들리면 방에서 뛰쳐나와 마루에 앉는다. 늦으면 기차가 금방 지나가 버리니까, 자주 볼 수 없는 기차를 눈에 담는다. 낮은 산중턱의 그 집에서 내려다보면, 눈길이 닿는 곳은 늘 정해져 있다. 도로와 기찻길이 교차하는 건널목, 도로 덕에 기찻길 옆으로 나무가 없어 지나가는 열차가 잘 보인다.

종종 그곳에서 놀았다. 철도가 얹힌 낮은 언덕, 그 철도를 가로지르는 도로, 열차가 오는 걸 알리고 도로를 가로막는 차단기가 두 개. 건널목은 철길을 건너편의 도로로 건너가게 해주는 역할이지만, 내게는 기찻길로 들어서는 입구가 되어주었다.

발끝을 세워 철로를 평행봉 삼아, 나는 이 비틀거리는 걸음으로 어디까지 갈 수 있을까. 언제쯤 기차가 올까. 마음 졸이며 자갈 위에 풀썩 앉아보기도 한다. 끝이 보이지 않는 철길은 어디에서 어떤 모양으로 끝이 날까. 그곳에 닿는 걸 상상하며 눈을 감고 앉은자리에서 힘껏 자갈돌을 던져보기도 하였다. 멀지 않은 곳에서 돌 떨어지는 소리가 난다.

‘딩딩딩딩, 딩딩딩딩.’ 경보음이 울리면 차단기가 내려오기 전에 뛰쳐나와야 한다. 쪼르르 뛰어나와 귀를 막고 기차가 지나가는 걸 구경한다. 바람이 머리칼을 쓸고, 매캐한 쇳가루 냄새가 난다. 사람도 없이 덩그러니 기계만 있는데, 어떻게 차단기가 내려오는 걸까?

내가 사는 서울엔 도로 곳곳에 기차 건널목이 숨어있다. 내가 자란 곳보다 훨씬 더 많은 건널목이 있다. 그중 하나가 집에서 멀지 않은 곳에 있다. 다른 점은 그 기찻길로 훨씬 더 많은 열차가 지나다닌다. 분명히 열 손가락만으론 세기가 힘들겠지.

그래서일까. 차단기만 덩그러니 있던 언덕의 건널목과는 다르게 이곳엔 사람이 있다. 초소나 경비실처럼 작은 사무실방 하나가 있고, 그곳에 상주하는 역무원이 있다. 그러다 열차가 지나간다고, 차단기가 내려오면 차량과 보행자를 통제한다.

하루는 그곳을 지나가는데, 그곳에 켜진 불에 걸음이 느려졌다. 기차가 지나가고, 차단기가 올라가고, 나는 길을 건너온 참이다. 방은 비어 있고, 역무

원은 내가 건너온 길 건너에서 열차를 지나 보내고 있었다.

단칸방으로 된 작은 벽돌 건물, 종일 그곳에 있는 사람은 어떤 생각을 할까. 하루에도 수십 번 올라갔다 내려오는 차단봉, 그 앞에 서는 열차와 사람들을 보며 어떤 생각을 할까. 혼자일까, 교대 근무를 하는 걸까. 하루에 그들 중 하나라도 말을 건네는 사람은 있을까. 그곳에 머무른다고 해도 차단기 앞에서의 몇 초가 고작이니, 없을지도. 작은 방에 켜진 불을 보고 혼자서 그런 생각에 잠겼다.

불 켜진 방은 궁금한 마음이 들게 한다. 늦은 밤을 걷다 만난 불 켜진 방들도, 멀리서 아파트에 표정이 있는 것 같다며 '아직도 안 자네'라고 중얼거렸던 방들도 그랬다. 어떤 사람이 지내는 곳일까, 지금은 무얼 하고 있을까. 또 누군가는 늦은 새벽 내 방 앞을 지나가며 한 번쯤 그런 생각을 해주었을까. 어디서 끝날지 모르는 기찻길에 주저앉아 돌을 주워 던지듯 궁금해한다.

자전거 산책

앞의 남자가 잔뜩 표정을 일그러뜨리고 내게 손가락질한다. 일면식 없는 중년 남자. 나는 저녁을 먹고 걷고 싶어 나온 참이고, 집 주변의 강을 따라 느긋하게 걷고 있을 뿐이다. '왜 나에게 화까지 내는 거지?' 옷에 뭐라도 묻었나. 그렇다고 화를 내지는 않을 것 같은데.

걸음을 멈추고 몸을 살폈다. 이내 허벅지 뒤쪽에

타는 듯한 통증이 따끔. 뒤에서 요란한 쇳소리와 함께 짧게 앓는 소리가 난다. 돌아서니 작은 네 발 자전거와 헬멧을 쓴 아이가 함께 쓰러져있다. 보조 바퀴가 빙글빙글. 달려오던 자전거 바퀴에 부딪히며 쓸렸구나.

"에이그, 쯧쯧. 도대체 뭐하는 거야, 똑바로 보고 안 다니고."

앞에서 오던 남자가 아이와 나를 번갈아 보며 혀를 차고 지나간다.

아이는 옆에 흐르는 강을 보느라 잠깐 앞을 보지 못했나 보다. 부딪힌 나는 아무런 말도 하지 않았는데, 이제 겨우 뒤돌아 아이를 보는데. 지나가는 사람이 화를 낸다. 내게도, 아이에게도 괜찮냐는 말 한마디 없이. 덕분에 나는 말문이 막혔고, 아이는 상처를 살피기도 전에 겁먹은 표정을 짓는다.

우선은 일어나야 할 텐데. 헬멧도 쓰고, 관절마다 보호구를 낀 덕에 다치지는 않았다. 손이라도 잡아줄까. 몸을 기울이려는데, 이번엔 아이가 오던 방향에서 바퀴 하나가 더 다가온다. 바닥에 누워있는 자전거보다 큰 성인용 자전거. 아이의 아버지로 보이는 사람이 내리며 묻는다.

"아이고 죄송합니다. 괜찮으세요?"

"네, 괜찮습니다."

조금 다쳤어도 같은 대답을 했겠지만, 속도가 빠르지 않았는지 다행히 크게 다치지 않았다. 심한 상처가 아니라면 집에 가서 연고를 바르면 될 테니까. 바지에 남은 타이어 자국도 세탁하면 아마 지워질 거다.

"앞을 잘 봐야지, 괜찮아?"

대답을 듣고, 이번에는 아이의 양쪽 겨드랑이에 손을 끼우고 일으켜 세운다. 아이는 일어나 몸을 털고, 자전거를 일으켜 세운다. 여전히 어쩔 줄 모르는 표정이다. 많이 놀랐겠지. 내가 놀란 것의 몇 배는 더 당황했을 텐데, 정작 모르는 어른에게 꾸지람까지 들었으니.

"그리고 죄송합니다, 해야지."

"죄송합니다."

뭐라도 말을 하려 했지만, 대답은 하지 못하고 그저 웃어주었다.

경직된 모습으로 아이는 다시 자전거에 올라탔다. 이번엔 앞서가는 아버지의 뒤를 따라간다. 커다란 자전거 뒤에 바퀴가 두 개 더 달린 작은 자전거. 아비 새를 따르는 아기 새를 닮았다. 비행 연습을 하는 걸까, 헤엄 연습을 하는 걸까. 수풀 사이에 가려 시야에서 사라질 때까지, 가만히 서서 바라본다.

두 마리 새를 떠나보내곤 잠시 바위에 앉아 흐르는 강을 본다. 아이가 보던, 앞을 보지 못하고 한눈팔던 강. 얕은 물살이 자갈을 훑고 지나가는 소리와 바람이 수풀에 비비적대는 소리가 좋다. 조심해야지. 앞을 잘 봐야지. 그런 이야기는 얼마든지 들으며 자랄 테니까.

그리고 덜 여문 아이는 그렇게 자란다. 전보다 조금 더 조심하고, 한눈팔지 않으며 살아갈 거다. 그러니 나만이라도 나무라지 않고 싶었나 보다. 아무 말도 하지 못하고 웃으며 보내주었지만, 머리를 쓰다듬어주고 싶었는지도 모른다. 무엇을 보았는지 물어볼 걸 그랬다.

철없는 장미

동네에 장미라면 빼놓을 수 없는 곳이 있다. 집 근처 4층 빌라의 담벼락은 여름날 장미를 장식하기 위해 만들어진 것만 같다. 그곳의 장미는 오뉴월 한낮의 폭죽이 된다. 옆을 지나는 것만으로 취해 걸을 수 있다. 작년엔 그곳의 장미로 쓴 글에 '장미의 절정'이라는 이름을 지었다.

입추가 지난 요즘은 여름의 바짓자락을 잡고 있는

듯하다. 그런데 그곳에서 철이 지난 줄로 알았던 장미를 만났다. 길었던 장마가 피워낸 장미일까. 비는 그쳤지만, 나무에 물기가 다 가시지 않았다.

매일같이 지나치는 길인데. 걸어 운동을 다녀올 때도, 지하철역으로 가거나 집으로 돌아올 때도. 비 내리고 축축해 밖을 잘 나서지 않았던 탓에 이제 알게 된 걸까. 가지가 앙상하게 말랐던 것 같았는데, 이제 다음 개화를 기다리려나 했는데. 갈빛으로 쪼그라든 가지 위에 돋아난 가지가 생생하다.

꼭대기에 선혈 같은 장미가 두 송이.
이런 이질감을 느껴본 게 처음은 아니다.

가을에도 겨울에도, 만난 적이 있다. 그리고 만날 때마다 사진을 찍어두었다. 시월에도, 십이월에도 색이 없는 길에서 붉은 장미를 만나기도 했다. 똑같이 해가 뜨고 지고, 여름이 가고 바람이 살을 에는데, 어떻게 견디는 걸까. 오래 지지 않은 장미일까, 뒤늦게 피워낸 장미일까. 한 뿌리를 공유하는 여러 가지, 그 중 하나에 핀 꽃송이가 독립된 존재로 느껴진다.

철없는 장미 앞에서 떠오르는 웃음들이 있다. 어릴 적 학교에서 하던 오래달리기, 운동장 여덟 바퀴를 달리는 체력 평가의 한 종목. 나는 특출난 편도 아니었고, 뒤처지는 쪽도 아니었다. 나름의 경쟁심도 있었고, 쉬지 않고 달렸으며, 몇 번의 오래달리기를 거듭하며 숨을 잘 들이마시고 내뱉는 법을 터득하기도 했다.

같은 운동장을 몇 바퀴나 뛰어야 하는 오래달리기에서는 심심찮게 벌어지는 풍경이 있다. 선두로 달리는 사람이 뒤쪽에서 달리는 사람을 추월하기도 한다. 맨 앞의 주자가 처음으로 맨 뒤의 주자를 지나칠 때, 둘 사이의 거리는 한 바퀴가 벌어진다. 경우에 따라선 몇 바퀴씩 벌어지기도 한다.

그곳에 그 웃음들이 있다. 그날은 체력장을 한다는 말을 들었고, 달려야 한다기에 체육복을 입고 달렸다. 몇 번의 달리기에서 그래왔듯, 나는 선두에서 달리고 있지 않았다. 앞을 바라보며 달음박질칠 뿐이었다. 겨우 중간쯤에서. 그런데도 맨 뒤에서 달리는 그들을 지나쳤다. 한 번, 두 번, 어쩌면 세 번. 숨을 헐떡이며 달리는 와중에도 그들을 의식하고 있었는지 모른다.

세 명의 친구가 나란히 이야기를 나누며 뛰고 있다. 강어귀에 밤마실이라도 나온 사람들처럼. 찬찬히 달리며 서로를 보고 웃는다. 무슨 이야기가 즐거운지 저들은 좋단다. 때를 모르고 핀 장미를 보면, 흙먼지가 이는 운동장과 멀게 느껴지던 웃음이 기억난다.

때를 모르는 사람이 좋다.
이 말은 자신만의 때를
아는 사람이 좋다는 말이기도 하다.

어려서 벌써, 혹은 그런 거 할 때는 지났지. 이 나이가 되어서, 혹은 그 나이가 되도록. 나이뿐만이 아니다. 생의 사소한 몇 가지 사건을 마치 식물이 꽃을 피우는 것쯤으로 당연하게 생각하며 잣대를 들이미는 이들이 많다. 이제는 그들과 조금 떨어져 달리고 싶다.

여름에 무리 지어 피는 장미의 사이에도 겨울이 지나도록 지지 않는 꽃이 있다. 누군가 여덟 바퀴를 다 돌고 바닥에 널브러져 있는 동안, 벙실벙실 웃으며 여섯 바퀴째를 돌고 있는 사람도 있다. 혹 내가 만나지 못한 철없는 장미 중에선, 아주 느리게 봄을 건너는 것도 있을까. 새로 맺힌 꽃망울 옆의 지지 않은 장미를 상상한다.

실수로 뜬 하루

여러모로 지친다. 밖을 잘 나가지 못하니 활동량이 줄고 체력이 줄었다. 몸이 마음만큼 안 따라준다기엔 마음마저 자빠져 있다. 기운을 북돋을 만한 일은커녕, 인터넷에는 괴담 같은 소식들만 넘쳐난다.

늦은 점심을 먹으러 혼자 중국집에 갔다가 티브이에 켜진 뉴스 채널을 봤다. 병을 옮기려 껴안고 침을 뱉었단다. 영화나 드라마의 티저가 아니라 뉴스라는 사실이 놀랍다. 간짜장과 함께 먹으려 시킨 공깃밥 한 공기를 그냥 두고 나왔다.

집에 굴러다니던 만 원짜리 현금으로 계산하고, 이천 원을 거슬러 받았다. 간짜장이 칠천 원, 공깃밥이 천 원. 값을 치렀지만, 쓰지 않은 천 원짜리 한 장이 요즘 내 시간 같다. 먹지 않은, 혹은 못 한, 일 인분의 쌀밥.

눈만 감았다 떠도 흘러간다. 어떨 땐 웃고, 또 어떨 땐 울고. 어떻게든 살아내고 있기에 마냥 아까워하기엔 애매한 일상. 침대 위에서 눈을 뜨면, 잘못시킨 제품을 실수로 뜯어버린 기분이 든다. 반품이 안 된다. 매 하루가 그렇다. 눈을 떠버렸으니 어떻게든 써야지. '잘' 써봐야지.

자꾸 어디론가 떠밀려간다.
흐르듯 살고 싶었는데.
이쪽이 아닌 것 같은데.
아닌데.
입과 코로 물을 삼키며
발장구를 친다.

물살이 세다.

내 다리 힘으론 터무니없다.

가라앉지 않으려

떠 있다.

오늘과 순간에 집착하는 사람일수록 오지 않은 날에 대한 불안이 크다. 나는 그렇다. 누구나 말하듯 시간이 해결해줄까. 시간은 독실한 신자가 많은 종교, 그리고 나는 신실치 못한 교인. 모든 종교가 그렇듯 깨달음은 따르고 믿는 이가 하기 나름. 믿음도 수행도 부족해서 입 밖으로 낸다. 잘 살아야지, 잘 살아야지. 염불처럼, 말씀처럼.

팔랑팔랑 천 원짜리 몇 장을 저금통에 넣고 누웠다. 카드 몇 장 들어가는 손바닥만 한 지갑을 쓰니 현금은 죄다 애물단지처럼 느껴졌는데, 나갈 일 없이 집 주변만 서성이니 그래도 쓸 일이 있다.

낮잠을 잔 것도 아니고, 그렇다고 뭘 보거나 읽은 것도 아니고. 그냥 그렇게 몇 시간을 누워있었다. 오늘이 휴일이라거나, 특별한 날은 아니고 이렇게 멈칫멈칫, 자주 멈춘다. 값을 치렀으니 먹든 안 먹든.

몇 시간쯤은, 오늘 하루쯤은.

드러누워 우당탕거리며 굴러가는 녹슨 고철 기계를 상상한다. 이내 마음에 차지 않아 배경에 자갈밭을 깔아준다. 드디어 기계가 멈춘다. 땅을 헛디뎠거나, 자갈이 끼었거나. 하지만 애석하게도 머릿속 고철 덩어리는 기어코 다시 굴러간다.

아무리 엉망진창으로 녹이 슬어도, 자빠져도, 멈춰버려도. 어디로 가는지 모르면서 영영 앞으로 굴러간다. 그제야 나도 슬그머니 일어나서 움직인다. 나는 고철 덩어리와는 달라서 닦고 기름칠을 해주어야 한다. 밀린 설거지를 하거나, 어지러운 방을 치우거나. 무작정 책상 위에 앉아 메모를 뒤적이거나.

오늘은 환기를 하려 창을 열었다. 가을 공기라도 좀 섞여 들어오나 싶었는데, 하늘이 붉다. 조용하지만 분명한, 순간의 위로. 하늘이 많이 높아졌네. 가을이 오려나. 해가 질 때까지 바라볼 셈으로 소파에 앉았다. 하늘색의 농도를 따라 그리며 해가 지는 방향을 짐작한다.

매일의 해가 뜨고 지고, 오늘 눈을 감으면 다시 내

일 떠야 하겠지만, 그게 생이라면 어쩔 수 있나. 스스로 선택한 찰나에 머무는 동안만큼은 나는 흐른다.

조용한 오지랖

오지랖이란 단어의 본뜻은 '겉옷으로 입는 상의 앞자락'이란다. 비아냥으로 자주 쓰이는, 오지랖이 넓다는 말은 가슴이 넓다는 말이 되기도 한다. 겉옷 앞자락의 폭이 넉넉하면 안에 다른 옷들을 겹쳐 입을 수 있어 좋다. 하지만 그것도 과하면 몸과 옷들을 덮고도 펄럭거려 거추장스럽다.

조언을 구해오는 것이 아니라면, 남의 일엔 첨언

하지 않으려 노력한다. 관심이 없는 경우가 더 많지만, 어쩌다 타인과 관심사가 물리기도 한다. 그리고 그 누군가 하는 것이 내가 아는 것과, 혹은 내 가치관과 너무나도 달라 온몸이 근질거릴 때도 있다.

그럴 때마저도 '옳고 그름'으로 나누어지는 일이 아니라면 참는다. 그에게는 그에게 맞는 옷과 앞자락의 너비가 있다. 내가 입은 옷으로 그를 감쌀 필요는 없다. 같은 이유로 타인의 삶에 말을 덧붙이길 좋아하는 이들은 멀리한다.

제 몸에 맞지 않는 옷을 펄럭이며, 주변을 휘감는 이들은 멀지 않은 곳에서 찾을 수 있다. 제 생각이 정답인 줄 알고, 저가 입은 옷자락에 다른 이의 삶마저 구겨 넣으려는 사람들. 타인을 타인으로 바라보지 못하는 이들은 대개 자신마저 바로 보지 못한다.

나라고 오지랖이 없는 건 아니다. 그저 매 순간 넉넉하다 느낄 정도의 오지랖은 어느 정도일까 고민한다. 온정과 간섭, 배려와 기만의 경계선은 어디쯤 있을까. 오지랖이라는 건, 넓고 좁고를 떠나서 무언가를 품고 싶어 하는 인간 본질의 문제이려나. 오지랖

없이 살 수 있는 사람은 옷을 입지 않고도 살 수 있는 사람이라는 것과 같은 말일까.

쓸쓸해 보이는 것들에는 어김없이 오지랖을 부리며 살았다. 덩그러니란 말을 붙일 수 있는 모든 것들 앞에서 카메라를 들었다. 홀로 꺼진 가로등, 버려진 신발 한 짝, 먼저 핀 꽃 한 송이. 그리고 고개 들면 떠 있는 달.

동정심과 동질감을 버무린 오지랖,

그로 말미암아 얻는 약간의 위안.

오월엔 길에서 인형 하나를 찍었다. 도서관과 뒷산에 가려면 오르는 골목길의 빌라, 담 안쪽에 막 잎이 나기 시작한 나무. 그 나뭇가지에 매달린 포켓몬스터 인형. 그 인형 하나를 두고 여러 상상을 했다. 근처엔 인형 뽑기 가게도 없는데. 아이들도 많은데 누가 들고 가지 않으려나. 아이들이 가지고 놀다 나무에 걸리게 된 것일까.

어김없이 휴대폰을 들고,

사진을 찍었다.

오늘도 그곳을 지났다. 봄도 다 가고, 여름도 이제 가려는데 남아 있을까. 그간 그 길을 지나지 않은 건 아니었지만, 그때마다 인형이 남아 있는 걸 확인하지는 않았다. 그러니 생각이 닿은 오늘은 지나며 그곳에 시선을 나누어줄 계획으로 집을 나섰다.

아직 있을까.

근처에 도착해서는 전과 다른 풍경에 바로 앞까지 갈 수밖에 없었다. 전보다 무성해진 나뭇잎들 사이로 전에 보았던 인형이 보인다. 그런데 주변 가지에 다른 인형이 두 개나 더 매달려 있다. 다른 누군가도 가지의 인형을 나처럼 외로운 눈으로 바라보았던 걸까. 계절도 그사이에 끼고 싶은지 못 보던 분꽃도 한껏 피었다. 더는 쓸쓸해 보이지 않았다.

언젠가 함박눈이 내리던 날, 길가에 만들어진 눈사람의 떨어진 눈과 입을 새로 붙여주었던 게 기억났다. 말없이도 얼마든지 넉넉할 수 있다. 쓸쓸한 것들에게 조용히 마음 보태가며 살기로 했다. 더도 말고, 덜도 말고. 그만큼의 옷자락을 여미며 살아보기로 했다.

비 상 구

운동을 마치고 엘리베이터를 기다리다가 노을을 봤다. 큼직한 창을 다 물들이고도 걸어 들어와 내 발치에 닿은 주황빛자락. 보통은 붉은 숫자가 바뀌는 걸 세며 기다리는데, 오늘은 가만히 서서 창을 바라보고 있었다.

알맞은 온도의 물 위를 유영하는 것 같다는 생각이 들 때쯤 앞의 문이 열렸다. 조용한 위로. 아무 말을 하지 않아도, 어떤 말을 듣지 않아도 느낄 수 있는 분명한 위안이었다. 혼자서도 만끽할 수 있는. 그러고 보면 그런 순간이 몇몇 있었다.

주거나 받지 않아도 뭉친 어깨가 풀어지는 순간들. 그 순간들은 관계에 지친 나에게 종종 피난처가 돼 준다. 더는 누군가를 대할 기력이 없을 때 나는 그렇게 사람에게서 도망치고 만다. 카메라를 들고 나가 온종일 걷거나, 소파에 몸을 누이고 하루 내내 책을 읽거나 한다.

조용하고 분명한
위로의 순간들을 모아둬야지.

어느 드라마 제목처럼, 도망치는 건 부끄럽지만 도움이 된다.

베개 유목민

잠은 내 평생의 숙제다. 잘 자고, 잘 깨는 것. 잠귀가 밝아 툭하면 깨는 것은 그렇다 치고, 잠자리에 드는 것조차 어려워 스트레스가 이만저만이 아니다. 뜬눈으로 밤을 지새운다지만, 나는 감은 눈으로도 잠들지 못해 밤을 지새운 적이 많다.

연초에는 베개를 바꿨다. 삼 년 넘게 쓴 라텍스 베개가 삭아, 인터넷으로 비슷한 디자인의 베개를 한

쌍 샀다. 그렇게 배송받은 베개는 디자인이 비슷하다뿐이지 영 다른 베개였다. 라텍스의 경도나 굴곡의 각도, 베개의 높이. 같은 게 없다.

'그 탓인지' 여전히 잠이 어렵다. 어째선지 요즘엔 아침마다 목과 어깨도 뻑적지근한 것만 같다. 이렇게 불만을 토로하는 이유는, 새 베개를 살까 하는 고민에 합리화가 필요해서다. 친구 하나가 경추 베개를 산 뒤로 자세가 교정되고, 잠자리가 편해졌다는 말에 팔랑귀가 작동하고 말았다.

베개 하나로 평생의 고민 두 개가 한 번에 해결된다는데 그러지 않을 수 있을까. 이후로는 베개를 벨 때마다 생각하게 된다. 잠을 제대로 못 자는 이유가 이놈의 베개 때문은 아닐까, 하고. 친구가 알려준 베개의 판매 페이지에 들어가 본다.

인터넷으로 물품을 구매하기 전엔 후기를 꼭 확인해야 한다. 포털사이트 검색으로 뜨는 블로그의 게시물은 광고들이 점령해버려 믿을 게 못 된다. 대신 판매 페이지에선 구매자들이 쓴 후기들을 읽을 수 있다. 후기가 몇천 건, 평도 꽤 좋다.

다음으로 확인해보는 건 '한 달 사용 리뷰'. 이번에

도 호평 일색이다. 사용자들의 후기를 내리며 읽는데, 단어 하나에 눈길이 멈췄다.

'덕분에 베개 유목민 생활을 청산했어요.'

유목민. 교과서에서 읽었고, 지금은 떠돌아다니는 민족쯤으로 기억하는 단어인데. 유목민의 사전적 의미가 궁금해져 베개 이름을 지우고 다시 검색한다.

유목민nomad : 목축을 업으로 삼아 물과 풀을 따라 옮겨 다니며 사는 민족. 중앙아시아나 몽골, 사하라 등의 건조한 사막 지대에 분포한다.

사전 아래엔 사람들이 '유목민'이란 키워드로 쓴 게시물들. 우리나라에도 유목민들이 제법 많다. 페이스 오일, 쿠션, 수분크림 화장품 유목민……. 어느 하나에 정착하지 못하고 이 제품, 저 제품을 쓰는 사람들. 나만 빼고 다들 알며 관용되는 표현이었나 보다. 게시물 몇 개를 눌러봤지만, 역시나 제품 광고다.

나도 그럼 유목민이구나. 유목민이 떠도는 이유는 한 장소에서 가축을 기르면, 건조한 지대에서는 풀이 남아나지 않기 때문이란다. 그들이 새 장소를 찾아 떠나는 이유는 척박해진 땅 대신 비옥한 곳을 찾아 떠나는 것이지만, 요즘의 유목은 다르다. 당연히 목축은 하지 않을뿐더러, 단지 '좋은 것'이 아닌, 좀 더 내게 '알맞은 것'을 찾아 떠도는 것이다. 그리고 그 끝에는 정착을 바라는 사람들이다.

소비의 역사는 길지만, 유목 생활을 한 지는 얼마 되지 않았다. 몇 년 전까지는 구매하는 것의 대부분에 까다로운 기준이 없었다. 가령 화장품을 살 때도 써보지 않고 포장이 예뻐서, 가격이 저렴해서 사는 경우가 많았다. 그러다 마음에 들면 오래 쓰는 거고, 한 번 써보고 마음에 들지 않으면 다 쓴 다음엔 다른 걸 쓰면 되니까.

나이가 들수록 무언가를 고르는 것에 시간을 많이 쓰게 됐다. 물론 한때는 '적당히 괜찮은 것'이면 된다는 생각에 영 마음에 들지 않는 것을 사기도 했다. 디자인만 비슷한 라텍스 베개라거나, 광고만 수두룩했던 싸구려 화장품이라거나. 하지만 그런 걸 사고 나면 몇 주, 몇 달을 내게 잘 맞지 않는 걸 써야 하니까.

뭐가 더 좋고, 내게 더 잘 맞는지 알아보는 데는

생각보다도 더 많은 힘이 필요하다. 나와 비슷한 사용자들을 찾아 평을 읽기도 하고, 직접 찾아 만져보고 겪어보기도 한다. 나도 여느 유목민들과 같은 사람이다. 다가올 미래의 정착을 바라며 떠돈다.

언젠가처럼 예쁘고 적당해 보이는 이것저것을 사 모으지도 않으니, 이제는 나를 위한 것인 양 내게 잘 맞아떨어지는 것들을 찾아 소중히 하며 지내고 싶다. 베개를 사려는데, 이상하게 생각나는 이름들에 고마운 날이었다.

천하고 아리따운

인간은 사전에서 단어를 배우고, 살아가며 자기 삶으로 단어의 뜻을 새로 쓴다. 개인의 언어 세계가 단단해진다는 건 그런 것이다. 살아가면서 재정립하는 단어 중 가장 좋아하는 단어가 있다. '야하다'라는 말. 남녀를 막론하고 야한 사람이 좋다. 사람을 겪을수록 천박함의 기준은 낮아지고, 아리따움의 기준은 높아지니 멀어지는 둘을 동시에 품기는 얼마나 어려운지.

천하게 아리땁다.

좀처럼 입으로 발음할 일이 없는 이 말은 얕은 탄성처럼 새어 나온다. 매력적이라는 말과 달리 얇은 깃대로 몸을 훑는 듯 구석구석이 간지럽다. 내게 새로 쓰이는 야하다는 말은 신체의 굴곡이나 얼굴 생김새만으로는 절반도 채우지 못하는 단어가 됐다. 또한, 천하고 아름다운 것만을 말하지도 않는다. 둘처럼 양립되는 단어를 아우르며 살아가는 이들을 보면 그렇게 느낀다.

아랫입술을 씹고 엄지손톱으로 검지마디를 꾹꾹 누른다. 탄탄하게 잘 꼬아진 길고 얇은 실처럼, 희미하고도 분명하게 전율한다. 최근엔 그런 귀한 사람을 몇 보았다. 그들은 단추가 모두 채워진, 다려진 셔츠 같다가도, 언제든지 헝클어뜨린 머리칼이 된다. 오늘만 살아도 된다는 '날것'의 인간처럼 보이지만, 철저하게 가다듬어져 있다.

부족하지도 넘치지도 않는 동시에 결핍과 충만을

함께 머금는다. 상승과 추락 사이를 긴박하지만 여유롭게 날갯짓한다. 또한, 눈빛은 무심해 보이지만, 향하는 것에 대한 열의와 지식으로 살아간다. 드러내되 숨길 줄 안다. 동공엔 적당한 자신감과 겸손이 함께 맺힌다.

어느 날은 그것들이 어디에서 오는가를 한참 고민했다. 정확히는 당신은 어떻게 그런 모습을 가지게 되었는가. 내게 그토록 야한가. 그러다 당신들의 공통점을 찾는다. 다른듯하지만 '같은 결'이 있다. 삶과 사람을 대하는 자세. 모든 것을 거리낌 없이 받아들이되 미련 없이 흘려보낸다. 흐르는 물에 손을 담그는 것처럼 쉽게 들릴 수도 있지만 그렇지 않다.

오히려 좋아하는 것만 골라 담고 싶고, 담은 것을 잃기 싫어하는 게 본디 사람 마음과 가깝지 않을까. 그러기 위해서는 정확한 분별력과 확고한 자기 기준이 필요하다. 살 고른 빗, 틈 없는 댐이 되어야 한다.

짝사랑을 앓는 사람처럼 혼자서 하는 생각이 거기까지 미치니, 그들의 삶이 궁금해진다. 무얼 겪고 살아왔을까. 어떤 걸 읽고, 보고, 만지며 살아왔을까. 지금 눈을 빛나게 하고 살게 하는 것은 무엇인가.

당신이 야한 사람이어서 좋다.
당신과는 지난 삶을 나누고 싶다.
가지를 부딪치지 않을 만큼 뻗고,
지면 아래서 뿌리를 얽고 싶다.

가 을

생을 영영 홀로 살아가야 한다면,

그건 아프지 않은 삶이라 할 수 있는가.

사랑 없이 무료한 삶을 살고 싶을까.

아마도 사람들은 그래서

더 굳건한 혼자를 바라는 게 아닐까.

가을 마중

친구는 어제 무화과를 두 팩이나 샀대. 자긴 오늘부터 가을이라나 뭐라나. 아직도 저녁엔 산책을 하고 그러니? 걷는 걸 좋아하잖아. 나는 요즘 나갈 일이 생기면 운동화를 찾아 신게 돼. 하늘 천장이 높아져선지 발등이 가벼워졌어.

어젠 신호등을 기다리다 괜히 목이 뻐근해 참지 못하는 사람이 되었어. 스트레칭이라도 하는 척, 눈

감고 고개를 젖히며, 큰 숨을 마셨어. 그리고 하늘을 올려다봤어. 가을 냄새가 나. 누렇게 바랜 빛을 머금은 풀들의 냄새가 나. 머리 위엔 잠자리가 빙글 돌고, 강아지풀 바스락거리는 소리가 들려.

으이구, 으이구.

친구에겐 너 그러지 않아도 가을이라고 나무랐지만, 나는 훨씬 전부터 이 앞에 나와 있었어. 가을이 오기 전엔 크고 흰 뭉게구름들이 생겨난대. 그러니까 언제부턴가 나는 여름의 구름을 보면서도 가을을 마음에 두게 된 거야. 먼 곳에서 느리게 흘러가는 구름을 보며, 잠깐 고개를 돌렸다가도 다시 보면 멀리 가지 않은 구름에 위안을 얻었어.

실은 도로를 달리는 차보다도 빠르게 흘러가고 있는지도 모르는 일인데. 하지만 내게서는 떠나지 않았잖아. 여전히 그곳에 떠 있는 것 같잖아. 멀어서 괜찮은 거야. 닿을까 생각도 못 할 만큼 멀어서.

사라지면 사라지는 대로.

구름을 어깨 뒤로 넘기고 나면,

곧 만날 가을을 기다리면 돼.

지난주엔 앨범에 하늘색 침대 위 하얀 이불을 차곡히 개어두었어. 살던 계절을 보내주고, 다음 계절을 맞이하는 데는 각자의 방법이 있는 건가 봐. 너는 무얼 보내고, 또 맞이하며 가을을 기다리고 있었을까. 이맘때의 네 시야에선 무엇이 사라지고 또 생겨나고 있을까.

내게 9월은 가지 끝을 유심히 바라보는 때야. 먼 곳의 구름과 달리, 낙엽은 너무 빨리 진다. 보내주려 기다리던 것과 보고 싶어 기다리는 것의 차이일까. 어쩌면 멀고 가까움의 차이일까. 아끼는 것들은 가까이에 두고 싶은데. 가까워질수록 일찍이 떠난다는 건 슬픈 일이야.

그래서

느리게 보내줄 수 있다면

그러고 싶어.

눈길을 얹고 걷지 않다가 보면, 어느새 바닥을 덮어. 그러니 바랜 잎을 떨구고, 높은 곳에서부터 비어가는 나뭇가지를 천천히 기억하고 싶어. 색이 변하는 단풍과 은행, 벚나무와 플라타너스를 세고 있으면 전엔 보지 못하던 것들이 보여.

옆집엔 포도가 검게 익어가고, 무화과와 대추가 열려 가지가 늘어졌더라. 내 시야에선 이런 것들이 생겨나. 그제는 새벽바람에 몇 번이나 잠에서 깼어. 저녁엔 여름내 쓰던 침구를 새로 빨고, 이불솜을 채워 넣었어.

그런데도 어쩐지

쌀쌀하기만 한 거 있지.

어젠 백로였어. 이슬이 맺히기 시작하는 때래. '겨우 가을이구나' 했는데, 벌써 가을의 세 번째 절기를 지났대. 절기를 두고도 입 밖으로 내는 계절의 경계는 사람마다 다르지. 그러니 너는 어떻게 가을을 맞이하고 있는지 말해줘.

혹시 가을맞이가 아직이라면, 함께 걸어도 좋겠

어. 낙엽 내려앉을 자리를 미리 다져두어도 좋겠어.

마중 나갈게.

꿈에서
너를 맡았어

마른 살갗에 로션을 덧바른 날에는 꿈을 꾸곤 했다. 당신은 꿈에서도 닿았다가 멀어졌다가 했고, 일순간의 접촉마다 희미하던 감각들이 폭죽처럼 터졌다. 그때마다 바닥에 떨어진 감각을 게걸스럽게 주워 담았다.

닿을라치면 달음박질치는 좁은 보폭을 따라잡지 못해 밤새도록 무릎으로 기었다. 깨고 싶어도 깨지 않는 꿈이었다. 잠기어 죽고 싶어도 눈 뜰 간밤의 일이었다.

고른 네 살결이 좋아.

아침엔 코끝에서 당신 냄새가 났다. 뼈가 무르고, 어린 짐승처럼 목 언저리에서 눈 감고 잠들던 때엔 갓 지은 밥 냄새가 난다고 말했다. 밥솥의 더운 바람이 얼굴을 덮칠 때의 냄새. 수분과 냄새 분자를 잔뜩 머금은 밀집된 공기. 나른한 얼굴로 입꼬리를 말아 올리고 입을 오물거리게 하던 냄새.

깨고 나서는 두리번거리며 냄새를 찾았다. 급히 공기를 삼킨다. 비강에서 텅 빈 냄새의 찬 공기가 맴돈다. 냄새에는 온도가 포함되는 거구나. 안경이라도 찾으려는 사람처럼 주변을 더듬다, 이불을 사람 모양으로 그러모아 숨을 깊게 들이켠다.

꿈에서 너를 만났어.

집에서 함께 국물이 자작한 요리도 해 먹었어. 언

젠가 가자던 더운 나라에도 갔어. 밤새 술을 마셨어. 안기도 하고, 웃기도 하고, 사랑도 하고 그랬어. 그런 꿈들도 있었어.

그런데 오늘은 꿈에서 너를 맡았어. 눈을 뜨고도 냄새가 남아 몇 번이고 주변을 둘러봤어. 머릿속 어딘가에 고여 있던 정보 조각뿐이라는 걸 알면서도. 날 일 없는 냄새를 자꾸자꾸 다시 맡았어.

이불을 목 끝까지 끌어올리고 손으로 팔을 더듬는다. 나를 쓸어주던 손길이 없어지고 난 뒤부터 거칠어진 살가죽이 괜히 미워져 매일 로션을 발랐다. 당신의 것에 비할 바가 안 되지만, 살결이 많이 부드러워졌다.

추억은 향기로 뇌에 저장된단다. 향기는 향수와 깊게 연관되어 기억을 불러오는 매개체가 된다고. 그럼 냄새는 문의 손잡이쯤일까 한다. 문을 열면 간밤에 허겁지겁 주워 담았던 당신이 들이닥친다.

까르르 웃음소리와 토라진 얼굴, 울 듯한 표정과 손가락 사이 감촉. 힘없이 늘어진 머리칼을 얼굴에 대어보며 치던 장난. 냉장고에 있던 재료를 몽땅 넣어 만들어주었던 알리오 올리오 파스타. 걸음을 맞춰 골목 누비며 나누었던 대화. 다음번에, 다음번에. 언젠가, 언젠가. 수많은 약속.

깨고 싶지 않은 긴 꿈을 꾼 날에는 불가항력이라는 말에 기대 당신을 생각한다. 고른 살결의 부드러운 손등을 수시로 쓰다듬는다.

그냥

쓸데없는 고집이 하나 있다. 세상에 그냥은 없다고 믿는 것. 주변에서 일어나는 모든 일에는 이유가 있다고 믿는 것. 입 밖으로 내지는 않았더라도, '그냥'이라는 답들을 속으로는 부정해왔다. 혼자 묻고, 답하는 일이 많은 나는 그렇게 믿었다.

'왜?'라는 물음에 답할 수 없는 질문은 없다고. 묻고, 묻고, 물으면 답이 있다. 나는 모를지언정 답은 그곳에 있다. 성격이라 말하는 행동 양식도, 사람을 대하는 태도도 지금의 모습을 갖추게 된 이유가 있었다. 원래부터 '이런 사람'이 아니라 '이렇게 된 사람'이라는 걸 혼잣말로부터 알았다.

끝없이 내려오는 동아줄 매듭을 끌어당겼다. 그게 구원인 줄만 알았다. 내 팔을 그러모아 만들 수 있는 한 아름 너비, 겨우 그만한 크기의 구덩이를 파고 들어가는 일인지를 몰랐다.

'왜?'라는 물음이 대화의 열쇠라도 되는 줄로 알았다. 미안해, 죄송합니다. 사과를 달고 사는 친구가 있다. 다들 그렇게 말한다. 그렇게까지 미안해하지 않아도 된다고, 죄송할 일이 아니라고, 나는 툭하면 고개를 숙이며 사과하는 그 애가 못마땅했다.

깊게 취할 만큼 술을 마셨던 날, 나는 그에게 무엇도 아닌데도, 눈을 똑바로 바라보며 물었다.

"왜? 어쩌다 너는 이렇게 됐을까. 어떻게 살아왔길래 지금의 이런 모습이 되었어?"

친구는 이야기가 끝날 때까지 울음을 멈추지 않았다. 누구에게도 하지 않던 이야기를 하며, 자꾸만, 이상하다, 이런 적이 없는데. 해가 뜨고도 눈이 감기질 않아 술기운을 빌려 잠든 날이었다.

다음날, 친구는 내게 고맙다는 말을 했지만, 이제야 그때 했던 짓이 얼마나 어리석은 일인지를 안다. 나는 오롯이 그가 걱정되는 마음만으로 대화를 이어 나갔을까. 단지 궁금했던 건 아닐까.

그게 그에게 어떤 결과를 가져다주었든 간에, 나는 '왜?'라는 물음표 끝 갈고리에 끌려오는 답을 정답이라고 생각했다. 혼자서만 답안지를 가지고 있는 아이처럼, 사람들에게 정답을 찾아줘야 하는 것처럼 굴었다. 그게 얼마나 폭력적이었는지.

'그냥'이라는 말은

회피의 단어가 아니다.

누군가에게는 오랜 세월 촘촘히 짜낸 제 우물의 덮개가 되기도 한다. 멋모르는 삼자가 뭐라도 되는 양 선불리 걷어낼 만큼 가벼운 것이 아니다. 나는 모를지언정, 답은 있을지 모른다. 그 말이 내가 모든 답을 알아야 한다는 말과 같지 않다. 모든 '왜'를 알지 않아도 된다.

그냥은 그냥으로,

묻어둘 줄도 알아야 한다.

슬프지만

'닮았다'라는 건,

애초에 '다르다'라는 것.

같은 계절

눅눅한 가을입니다. 갑작스레 소식에 없던 비가 내리기도 했습니다. 어젠 밟아도 '바스락' 소리가 나지 않는 낙엽을 밟으며 옆의 당신과 이야기를 나누었어요. 이 길의 가로수가 벚나무였던가? 어제 일도 기억하지 못하는 우리는, 그 질문 덕에 이곳의 봄 풍경을 기억하려 애써봅니다. 얼마간 그러다 다시 걸음을 옮겼어요.

봄이 오면 알게 되겠지요.

하지만 내년 가을에 이 길을 지나게 된다면, 또 그때의 옆 사람에게 같은 질문을 하게 될지도 모릅니다. 색이 변해 떨어진 낙엽을 밟고서 그제야, 이곳의 가로수가 뭐였더라. 이 길이 아닌 다른 어느 길이든, 어김없이 지난봄 풍경을 잊고 누군가에게 묻겠지요. 우리가 이 길을 같이 지났던가?

사실 많은 것들이, 그다지 중요하지 않을지도 모릅니다. 한 주의 주말 같은 가을은 찰나로 지나가고 다시 다음 계절이 올 테니까요. 다시 겨울 오고, 언제 그랬냐는 듯 봄 올 테니까요. 돌아올 것에 의미를 두는 것처럼 바보 같은 일은 없을지도요.

반기고, 아쉬워하고
그리워하고, 또 기다리고
잡으려 애써도 떠나고,
반기지 않아도 돌아올 겁니다.

오늘 당신께 드릴 꽃다발을 하나 샀습니다. 꽃집에 만들어져 있던 꽃다발 대신, 주인과 이야기하며 직접 만들었습니다. 이 꽃, 저 꽃으로 다발을 만들어 달라 부탁한 적은 있지만, 내 손에 그러모아 다발은 만든 건 처음이었습니다.

클레마티스 세 줄기를 손에 쥐고, 곁에 다른 꽃들을 대어봅니다. 더해지는 색으로 만들어지는 다발에 다음 꽃송이는 어떤 게 어울릴지 생각하며 손아귀를 채웁니다. 한 송이, 한 송이. 만날 일 없던 여러 꽃이 한 다발에 모입니다.

그 모습이 썩 마음에 들었던 것 같아요. 꽃 무더기 하나를 주인께 건넵니다. 줄기를 다듬고, 자리를 새로 만들어주고, 장식을 더해 다발로 만들어 내게 주었어요.

꽃을 자주 사는 사람은 아니지만, 내가 본 것 중 가장 아름다운 꽃다발이었습니다. 내가 엮은 다발이지만, 개중엔 이름을 모르는 꽃들도 많습니다. 이 꽃이 가을꽃인가요? 묻지도 않았어요. 아마 다른 계절의 꽃들도 여러 송이 섞여 있을 겁니다. 온실 속에서 자랐을지도요.

실은 꽃 가게의 꽃들이 어디서 오는지는 모릅니다. 내가 모르는 어딘가엔 꽃집 주인들이 꽃을 따러 가는 커다란 화원이 있는 걸까요. 그곳엔 사계가 없어 온도에 개의치 않고, 매일 무수한 꽃이 피어나는 걸까요. 잘 모르겠습니다.

세상 모든 꽃이 쉬지 않고 피는 화원이라니, 꿈같은 이야기네요. 꽃에 의미를 두고 싶지는 않지만, 꽃을 사던 날은 볼품없는 말재주를 대신할 걸 찾던 날이 많았습니다.

오지 않을 것 같은 날도 오기 마련입니다. 이미 넘긴 달력엔 가지 못할 날들이 살고요. 덕분에 맺음을 배웠습니다. 결실이 없더라도 결말을 지어야 합니다. 열매가 없더라도 맺어야 끝이 온다는 걸 알았습니다. 그래야 한다는 걸 알았습니다.

고맙습니다.

덕분에 내게 같은 계절은 없습니다.

남는 색

에이포 용지에 인쇄된 문구가 나를 멈춰 세웠어.

'실내화 할인. 5,000원 위에 줄을 긋고, 4,000원.'

낡은 문방구였어. 낯선 길을 거닐다 만나는 반가운 것에는 여러 가지가 있어. 그중 오래된 문방구는 만나면 꼭 들어가게 되는 곳이야. 지금은 잘 구할 수 없는 오래된 만년필을 싼값에 구하게 되기도 하거든. 이런 곳에서만 맡을 수 있는 냄새가 있어. 먼지와 종이, 나무와 고무, 온갖 것들이 섞여 나는 냄새. 가볍고 탁한 공기와 바래진 색들 사이를 걷는 게 좋아.

여긴 파랗게 색이 바래진 곳이야. 문방구에선 아이들을 끌어들이기 위해서 창가에 장난감을 쌓아두기도 하잖아. 그 장난감 포장의 잉크가 바래 하나같이 파란 상자가 되었어. 가까이서 보지 않으면 어떤 장난감인지도 잘 모르고, 그저 지나가는 이들에게 '여긴 오래된 문방구예요'라고 말해주는 것만 같아. 몇 년이나 흘렀을까. 어린아이들의 눈을 돌리게 하던 장난감 상자의 포장이 새파래지기까지는.

잉크가 왜, 어떻게 증발하게 되는지 지금에서는 잘 몰라. 어쩌다 파란 잉크만 남게 된 건지 말이야. 아니면 그마저도 날아가고 자국만이 남아있는 걸까? 하지만 그건 알아. 시간이 지나면 사라지는 색이 있고, 또 남는 색이 있다는 건.

파란 자국이니, '남는 색'이니 하는 건 그런 거야. '문방구'란 단어에 떠오르는 기억들 있잖아. 초등학교에 다닐 때 꼭 이런 문방구가 하나쯤 학교 앞에 있었어. 아직 색 바래지 않은 장난감이 쌓여 있던 곳이었어. 그곳엔 조립 로봇이니 비비탄 총이니 가지고 싶은 것들도 있었어. 불량식품과 학용품, 학교 준비물 따위를 파는 곳이었어.

학교가 마치면 우리는 참새들처럼 그곳에 모여 떠들고 놀았어. 그 앞의 게임기에 앉거나, 머무르지 않더라도 돌아가는 길에 불량식품 하나를 사 먹거나. 그때의 문방구는 파랗지 않았지만, 지금의 나에게는 파랗게 기억되기도 하는 거야. 기억나는 기억들. 여러 색 중 지금 내게 남은 색이 되어.

산책을 마치고 돌아가는 길엔 노란 장미를 만났어. 예쁘더라. 길에서 노란 장미를 본 적이 있던가? 아마 있겠지만, 가까운 기억에는 없는 것 같아. 적어도 작년에는 그래. 이 길을 처음 걷는 덕에 만나게 되었어. 언제 다시 찾게 될지 모르는 이곳은 내게 노란색으로 남을지 몰라.

버스에 타선 괜히 노란 장미의 꽃말을 찾아봤어. 그 색이 자꾸 기억에 남아서. 뭐라나, '시기, 질투, 완벽한 성취'. 그렇지 않은데. 내가 본 노란빛을 띤 장미는 시기나 질투, 완벽한 성취와는 다른 꽃이었는데. 다른 꽃말이 있을 거라고. 몇 번이고 검색하고 찾아봤어. 붙여넣기라도 한 듯 같은 설명과 대답들을 보다 그런 생각을 했어.

꽃말도 누군가 정해준 이름이니까. 내가 다른 이름으로 불러주면 되는 거라고. 없는 꽃말을 만들어도 좋겠다고. 노란 장미를 '남는 색'이라 부르고 싶어. 그리 들어줄 네가 있다면 그 이름으로 남을 테니까.

사라지는 색이 더 많아. 그렇지만 어떤 색은 남아. 나는 '남은 색'들을 아끼며 살아. 허름한 문구, 담벼락의 꽃, 손때 묻은 책, 그게 어떤 빛깔이 되었든. 노란 장미를 주고 싶어. 너는 내게 남는 색이야.

손과 가을

창밖 낙엽이 땅을 긁는 소리에 네 생각이 났어. 가끔 생각이 나, 신기했거든. 사람을 볼 때 눈도 입도 아니고, 손을 먼저 본다는 사람은 처음이었어. 손가락 모양은 어떤지, 손톱은 잘 다듬어졌는지, 너무 길지는 않은지. 그런 걸 본다고 했는데.

너는 가을이 좋겠다.

가을은 온통 '팔랑팔랑' 붉은 손이잖아.

그 말을 듣곤 손톱이 안 보이게 주먹을 말아쥐었어. 네 얼굴을 바라보는 동안 너는 내 손을 보고 있었을까 싶어서. 손톱을 언제 잘랐더라, 핸드크림이라도 바를걸. 속으로 그랬어.

'손이 예쁘다는 건 어떤 거야, 가늘고 긴 손가락이면 예쁜 걸까?' 물었더니 그건 또 아니래. 그럼 내 손은 어떻냐고 물었더니, 이번엔 웃기만 하잖아. '팔랑팔랑', 그건 좋다는 거야? 대답하기 곤란하다는 거야? 그땐 심술이 났어. 뭐라 말이라도 해주면 좋을 텐데. 그래도 가끔은 손 예쁘단 말도 듣고 그러는데.

그런 말도 몇 번 들었어. 피아노를 칠 줄 아느냐는 말, 혹은 피아노 치기 좋은 손이라는 말. 책가방에 교과서를 넣고 다닐 땐 피아노 학원에 다니기도 했지만, 안타깝게도 지금은 음계를 겨우 짚는 게 고작이야. 얼마를 다녀도 실력이 늘지 않아 흥미를 잃고 관뒀어. 나랑은 맞지 않았나 보다. 본가의 베란다엔 그 시절에 사 둔 전자 피아노가 있는데, 이젠 시트지가 다 벗겨지고 보기 흉하게 낡아버렸어.

길에 설치된 피아노를 본 적 있어? 그런 걸 뭐라고 부르려나. 그냥 공공 피아노라고 할까. 하루는 할아버지 한 분이 그 자리에 앉아 피아노를 치고 있는 걸 봤어. 신사라는 단어가 잘 어울리는 노년의 남성이었어. 처음엔 공원에서 흘러나오는 배경 음악인 줄 알았어. 왜, 공원엔 종종 가로등 기둥에 스피커가 달려있기도 하잖아. 조용한 피아노 선율이 흐르기도 하잖아.

가던 길을 잊고 눈에 보이는 가까운 벤치에 앉았어. 그가 연주해내는 공기의 떨림이 바람 소리와 멀지 않다고 생각했어. 그의 뒷모습이 원래의 풍경 같았어. 피아노 앞 의자에 꼭 맞는 퍼즐이 들어앉은 듯했어. 나는 빈자리를 지나쳐야만 하는 요철이 다른 퍼즐이었던 걸지도 모르겠어. 이상하게 요즘은 피아노를 다시 배우고 싶어.

우리 손은 어쩌다 이렇게 요철이 많은 모양이 됐을까? 빈 곳이 너무 많잖아. 누군가 사람의 몸에서 가장 외로운 모양을 띤 곳을 꼽으라 한다면, 주저하지 않고 손이라 답할래. 잡으려 이런 모양이 됐는데, 아귀가 비어 있는 시간이 더 많아.

제일 먼저 뻗고,

가장 섬세한 동작을

해낼 수 있는 신체의 부분.

'손을 잡는다'라는 건 우리가 할 수 있는 첫 번째 요철 맞추기야. 세심하고 성급한 포옹이야. 그때 물어볼 걸 그랬어. 너는 어쩌다 손을 먼저 보게 됐느냐고.

네 생각을 하며 허공에 손바닥을 엎었다가, 다시 뒤집었다가. 손끝이 팔자를 그리며 팔랑팔랑, 꼭 단풍잎 떨어지는 모습 같아. 책상 위에 사뿐히 내려앉아. 손, 잡고 싶다. 손잡고 싶어. 깍지 끼고 싶어. 손끝으로 손가락 사이와 마디를 더듬고, 손바닥을 쓸고 싶어. 껴안을 수 없더라도 내 몸의 끝점과 네 몸의 끝점이라면. 뻗어 닿을지도 몰라.

내일은 색이 고른 단풍잎 두 장을 주우러 갈 거야.

유영하는 심장

수족관에 왔다. 바다 대신은 아니다. 수영이 하고 싶었던 것도 아니다. 그저 물에 사는 것들이 보고 싶었다. 내 키보다 큰 상어도 보고, 수초 사이의 새우나 알록달록한 열대어들도 볼 요량이었다.

바닥에 닿지 않고도 오래 떠 있을 수 있는 생물에 대한 동경은, 그들로부터 느껴지는 자유로움에서 온다. 중력은 지구 위에 사는 것들에게 공평히 작용한다. 하지만 내게는 날개도 없고, 아가미나 물갈퀴도 없다. 몸을 띄워 옮기거나 물속에서 호흡할 수 없으니, 그저 그들을 동경하며 땅 위에 발붙이고 살아갈 수밖에.

날갯짓과 헤엄. 개인적인 견해지만 둘 중에서는 바다에 사는 것들이 좀 더 느린 듯하다. 그들 나름대로는 치열한 삶이겠지만. 대기와 물이 가진 물성의 차이인지, 실제로 그들이 다른지는 몰라도 내게는 그리 보인다.

하늘과 바다에서 느끼는 자유로움은 미세하지만 결이 다르다. 굳이 바람에 빗대어 보자면, 전자는 강변을 힘껏 달릴 때 뺨을 스쳐 지나가는 바람과 같은가 하면, 후자는 이불을 둘러싸고 있다가 창문을 열었을 때 슬며시 드는 바람 같다. 좀 더 단적으로 말하자면, 자유로움에도 동적인 것과 정적인 것이 있다.

천적 없는 수조 안에서는 더욱이.

평화롭다.

평일 낮이어서일까, 사람이 없다. 뛰어다니는 아이들도 없고, 단체 관광객도 한 팀 없다. 사람 없는 미술관을 거닐듯 걷는다. 감상을 위해 전시되는 수조 또한 누군가의 작품이라 할 수 있을까. 물감을 칠하기 전 캔버스에 석고를 바르고, 나무를 조각하기 전에 칼과 수종을 고르듯, 흙과 수초를 채우고 물의 온도나 염도를 맞추지 않을까.

그리하여 놓인 물속을 바라볼 때면, 다른 행성에 발을 디딘 외계의 방문객이 된다. 색과 온도, 소리와 속도까지 감각할 수 있는 모든 게 생소해서 말 그대로 다른 세상을 들여다보는 것 같다.

그러다 거닐던 시간의 절반 가까이를 한 수조 앞에서 보냈다. 아크릴 벽 안에 아무런 치장 없이 채워 넣은 물, 그리고 유영하는 해파리들. 장식이라곤 몇 초마다 갖가지 색으로 변하는 조명이 전부였다. 투명한 해파리의 몸이 붉어졌다, 노래졌다 한다. 느리고 부드럽게 몸을 움츠렸다가 폈다가. 나는 그 앞에서 섰다가, 앉았다가, 카메라를 들었다가.

수십 분이 흐른 손목시계의 숫자를 보는데, 편안한 마음과 함께 분한 마음이 얼핏 든다. 열심히 풀어낸 문제의 정답이 답안지의 것과 달랐을 때의 심정. 해파리라니. 별 볼 일 없다고 생각한 것에 얻는 위안이 이토록 클 수 있을까.

해파리라면 급식 식판 구석의 안 먹는 반찬 정도로 생각했는데. 매월 첫째 주나 마지막 주쯤에 식단표를 받으면, 형광펜이나 동그라미 대신 검은색으로 줄을 긋는 메뉴였는데. 내가 기억하는 한, '해파리냉채'라는 메뉴에는 초등학교부터 고등학교까지 학교에서 점심을 먹던 모든 때에 검은색 볼펜이나 네임펜으로 줄이 그어졌다.

지금은 곧잘 먹지만 그때는 맛과 식감도 모두 생소하기만 했다. 집 식탁 위에선 한 번도 보지 못했지만, 학교에선 잊을만하면 나오는 메뉴. 도대체 이걸 왜 먹는 거지?

하루는 먹지 않는 해파리를 조각 맞추듯 맞추어 보기도 했다. 채 썰린 해파리도 모아 보면 해파리의 모양이 되지 않을까, 하고서. 또 어느 날 바다에선 물 위를 떠다니는 하얀 비닐봉지에 쏘이고 말았다.

어떤 해파리엔 쏘이면 죽기도 한다는데. 혹시 이

대로 죽어버리는 건 아닐까, 어린 마음에 오만 걱정이 오가면서도. 무릎에서 정강이까지 길게 난 붉은 자국을 보고 해파리 촉수의 모습을 상상했다. 싫고 무서웠지만 동시에 궁금해했다.

'해파리가 유영할 때의 진동은 사람 심장 박동과 비슷해서 편안함을 느낀대.'

한 연인이 지나가며 나누는 대화를 듣고서야 수조 위의 안내판을 읽었다. 해파리는 뇌가 없다는데, 이래서야 심장이 떠다니는 것 같다. 피 대신 물을 삼켰다, 뱉으며 이리저리 유영하는 심장. 명상하거나 잠든 사람의 것처럼 아주 느리고 편안하게 뛴다.

뻣뻣한 손가락으로 그들이 움직이는 모양으로 물결을 만들어 본다. 등 근육으로 날개뼈를 당겨 어깨를 꿈틀거려본다. 마음에 차분한 바람이 분다. 심장이 빠르게 뛰고 숨이 가쁠 때 이곳에 오기로 했다. 나는 이곳을 찾기 전부터 오래도록, 해파리의 헤엄을 보고 싶어 했던 걸지도 모르겠다.

모든 사랑에 끝이 있다면

두 번째로 찾은 화장장엔 여전히 사람이 붐빈다. 첫 번째는 가족이었고, 이번엔 가족 같은 이의 가족이다. 밤새 그의 곁을 지켰고, 나를 포함한 여덟 명이 비를 맞으며 그의 가족을 들었다.

상조회사 직원 말고는 모두가 검은 옷을 입고 있는 곳. 생전 처음 보는 이들의 곡소리가 귀에서 떠나질 않고, 뵌 적 없는 그의 가족 가는 길에 눈가에선 좀처럼 열기가 가시질 않는다.

화장 중엔 그 앞에 좁은 방이 있어 가족들이 앉을 수 있다. 두 시간이 걸린다는 말을 들었고, 나는 발인을 도우러 온 다른 이들과 함께 로비로 돌아와 앉았다. 오전 여섯 시, 잊었던 피로가 몰려온다. 아무 말도 하고 싶지 않아 자리가 좁다는 핑계로 뒤쪽의 떨어진 의자에 혼자 앉았다.

자리에 앉아 잠깐이라도 졸까 했더니, 지나다니는 사람이 많아 그마저도 어렵다. 평일인데도 주말의 공원보다 사람이 많다. 어른과 아이, 남자와 여자. 모두가 누군가를 잃은 이들. 사람을 떠나보낸 사람들이 북적인다.

이런 화장장이 몇 개나 더 있을까. 다른 곳들에도 이렇게 사람이 많을까. 그리고 오늘 아닌 다른 날에도. 아마 매일 이런 모습이겠지. 뉴스에서나 들을 수 있는 사망자라는 단어와 무게감이 다르다. 그리고 언젠가 나도 죽겠지.

누군가를 잃고 이토록 힘들어야 한다면, '아플 이유'를 적게 만들며 살아가는 것은 어떤가. 종국에 사라지고 말 것이라면, 사랑이라는 게 부질 있나. 사랑은 무슨 의미를 가지는가. 애당초 사랑에 의미가 있나.

사랑을 배제한 삶을 사는 대신, 영영 아프지 않을 수 있다면 어떨까. 인간은 어떤 선택을 하게 될까. 보통의 삶과 타인으로 인하여 울지 않아도 되는 일말의 사랑 없는 삶, 둘 중 무엇을 고를까. 하지만 생을 영영 홀로 살아가야 한다면, 그건 아프지 않은 삶이라 할 수 있는가. 사랑 없이 무료한 삶을 살고 싶을까.

아마도, 아마도.
사람들은 그래서 더
굳건한 혼자를 바라는 게 아닐까.

죽음이 이별의 최종적인 형태라면, 사는 동안 크고 작은 이별은 얼마든지 있으니. 마음을 쏟았던 것들을 떠나보내며 짐작해오는 것이 아닐까. 모든 사랑은 끝이 있다는 걸 알아가며, 적어도 먼저 떠나보낼 일은 없는, 헤어질 일 없는 스스로에게 그 마음을 쏟는 걸까.

그걸 알면서도 사랑을 잃지 못하는 이유는 뭘까. 꼭 손잡고 살 맞댈 수 있는 사람이 아니더라도. 화면 건너 노래하는 이. 크고 작은 동물과 창가에 내어놓는 식물들. 혹은 그 밖의 모든 것이라도. 다시는 하지 않을 거라던 이들을 보기도 했다. 그들마저 다시 새로운 사랑을 찾는다. 잃게 될 걸 모르는 걸까. 알아도 어쩔 수 없을 만큼 커다란 마음일까.

정수리에 차가운 물이 떨어져 정신이 번뜩 들었다. 잠깐 졸았던 것 같기도 하다. 천장을 올려보니 내 위에 얼룩이 들었다. 빗물이 새어 떨어지고 있었다. 리모델링 한 지 한 달도 안 됐는데 이런다며, 화장장 직원이 달려온다. 둘러보니 군데군데 젖은 소파가 한둘이 아니다. 일어나 서 있을까 하다가, 다시 지친 몸을 기댈 다른 소파를 찾는다.

질문만 많고 대답은 없는

두 시간이 지나간다.

안 부

사람으로 기억되는 시절도 있다.
어떤 사람은 살아있으면서도,
사라진 장소나 다시 맡을 수 없는 냄새가 된다.
지난 시절에 묻어버린 사람은 아프다.

얇은 과피의
무른 과일 같은 사람

'2020년 11월 14일, 날씨 모름.

세시 십오 분, 배터리 삼십칠 퍼센트.'

바닥에서 건져 올린 카메라 액정에서 얻은 정보다. 느지막한 오후, 간신히 뜬 눈에 드는 집 안 풍경이 마음에 들었다. 암막 커튼 사이로 드는 빛의 사진을 찍으려 카메라를 찾아들었다. 어제 새벽 피로에 쫓기듯 벗어낸 니트를 달구는 볕. 무대 위의 스포트

라이트처럼 환한 빛이 아니라, 존재를 밝힐 만큼의 빛. 역시 없는 것들 사이에 홀로 있으면 돋보일 수밖에 없나.

몽롱하다. 흐린 시야 속 어제의 내가 저만 존재하는 것처럼 있다. 유체이탈을 한 뒤 빠져나온 육신을 바라보듯, 지난 옷가지를 바라본다. 어제의 나는 아직 살아있는데 오늘의 나는 깨어날 준비가 안 됐다.

모르겠다. 이곳이 내 방인지, 하늘인지, 물속인지, 다른 차원의 세상인지. 이게 꿈인지 생시인지. 그러다 몸을 담근 침대가 한밤중의 바다가 된다. 나를 덮은 이불과 침대의 경계는 구분이 모호한 수평선. 동동 뜬 머리는 망망대해에 버려진 부표. 부표에 꽂힌 낡은 깃발이 펄럭인다.

찰칵, 찰칵, 찰칵.

가을엔 별이 제철이란다. 제때를 맞은 것들은 기세가 등등하다. 세상을 물들이는 햇살과 떨어지는 잎과 열매는 전에 없던 무늬를 만든다. 시장을 찾지 않아도 계절감에 흠뻑 젖을 수 있다. 그래서일까, 다른 계절보다 좀 더 자주 걷고 자주 취했다. 좋다는 말을 수없이 뱉었다. 거리낌 없이, 아무 걱정도 없이.

좋다, 좋다, 좋아해.

무리했던 걸지도 모른다. 나도 모르는 새 너무 익어버렸다. 푹 익은 감처럼, 얇은 과피의 무른 과일 같은 사람이 되었다. 남은 계절을 터진 감이 되어 도로에 말라붙은 과육으로 나야 한다. 거들떠보지도 않겠지만, 주우려 해도 주울 수가 없다. 그래도 나는 여전히 차가운 살에 닿는 따스한 볕의 이질적인 느낌이 좋다.

다시 눈을 떴을 땐 옅은 빛마저 사라지고 난 뒤였다. 일러지는 일몰이 시간 감각을 한 번 더 망쳐놓는다. 저녁인가 밤인가. 창밖 가로등 빛이 새어 들어오는 거로 충분해 따로 불을 켜지 않았다.

안과 밖, 앞면과 뒷면은 정반대이지만 멀지 않다. 그렇지만 어떤 이에게는 세상을 나서는 매 순간이 갓난아기의 첫 뒤집기처럼 느껴지기도 한다. 고작 몸 뒤집는 것 하나에 온 힘을 다 끌어 써야 한다. 하지만 결국 일어날 것이고, 일어나야 할 것이고, 감정이 아닌 의지의 문제라는 걸 안다.

그저 그늘에 움츠리고 있으면 금세 지나가지 않을까 하는 날도 있는 거다. 커튼을 걷지도, 현관문이나 대문을 열지도 않고 가만히 호흡을 멈추고. 혹은 눈에 띄지 않게 펄럭이며 실은 나 여기에 있다고. 가라앉지도 못하는 나를 탓하며, 건져 올려 달라고.

자고 일어나면 뒤집을 수 있을까, 자도 자도 부족한 잠을 청한다. 천박하게 흔들리는 깃발을 물속에 집어넣고 내일은 바깥소리를 들으러 가야 한다. 비가 오기 전에 마른 낙엽을 밟으며 속으로 중얼거려야지.

좋아해, 좋아해, 좋아해.

없다가 생겨
사라지는 것

벼르고 벼르던 사랑니를 뽑았어요. 입안 가장 깊은 곳에 나는, 세 번째 어금니를 우린 어쩌다 사랑니라고 부르게 되었을까요? 몇 가지 이야기가 있어요. 사랑에 관심을 가질 나이쯤 자란다거나, 혹은 처음 사랑을 잃었을 때처럼 아프다거나. 둘 중 무엇이라도 상관은 없지만, 적어도 나는 후자는 아니라 여겨왔어요.

사랑니로 고생하는 이들을 몇 번 보기는 했어요. 그럴 때마다 나는 그렇게 아프고 고생할 일인가, 생각했었지요. 사람마다 사랑니의 개수가 다르다던데, 나는 위아래, 좌우 네 개가 모두 났어요. 그중 사랑니 때문에 아팠던 것은 하나도 없었어요.

처음은 왼쪽 위였는데, 났으니 뽑아야겠거니 해서 뽑았던 기억이 나요. 크게 아프지도 않았고, 고생이랄 것도 없었어요. 남은 사랑니도 뽑으려다, 크게 불편하지 않으면 뽑지 않아도 된다는 말을 들었어요. 그 후로 몇 년이 지났고, 어제 두 번째로 사랑니를 뽑았네요.

그런데 이번엔 뽑기도 전부터 여간 고생이 아니었어요. 안 아프게 났으니 됐다 했던 아래쪽 사랑니가 실은 가로로 누워있었던 거예요. 그러니 치아 관리를 한다고 했는데도 충치가 생기고 말았어요.

치통을 느끼고 찾아간 첫 치과에선 치아 뿌리에 신경이 지나간다고 큰 병원에서 뽑으라 했고, 일주일이 지나 찾은 대학병원에선 다시 이주 뒤에 발치 일정을 잡아 줬어요. 잇몸을 잘라내고 이를 조각내서 뽑아야 한 대요. 미루다 미루다 치과를 찾은 날로부터 한 달 뒤에 발치하게 된 거죠.

그동안 충치가 심해질 대로 심해졌어요. 병원 가기 전날엔 밥을 먹다 쨍-하고 통증이 밀려오면 벌떡 일어나 발을 동동 구르기도 하고, 자다 깨서 물과 진통제를 삼키기도 했어요.

삼십 분에서 한 시간이 걸린다던 수술은 훨씬 일찍 끝났어요. 잇몸에 따끔하는 마취 주사가 두 번, 마취 기운이 돌 때까지 기다렸다가 입을 벌리고 누웠지요. 꾹꾹 누르는 느낌이 들고, 작은 거울과 집게, 절단기 같은 것들이 들어왔다 나갔다. 마취했지만 아프지 않은데 아픈 느낌이랄까요. 두꺼운 파카를 껴입고 두들겨 맞는 기분이 들어요.

'이걸 삼십 분이나 참아야 하다니 끔찍한데'라는 생각이 들 때쯤, '이가 잘 뽑혔어요. 뿌리도 안 남고 깨끗하게 뽑혔네요.' 겨우 오 분 정도가 지났는데 말이에요. 충치 염증을 떼어내는데 사랑니를 뽑아내는데 걸렸던 시간과 비슷한 시간이 걸렸고, 찢어진 잇몸을 꿰매고 나서야 수술이 끝났어요.

사랑니를 뽑고 나니 주의사항이 적힌 안내문을 하나 내어주기에 그걸 들고 집으로 돌아왔어요. 한 것도 없는 하루였는데, 죽 한 끼 먹고 그대로 잠들었네요.

사랑니가 그렇게 아플 일인가,
생각했다고 했죠? 지금은
'사랑이 이렇게나 아팠던가'
다시 생각해보고 있어요.

거울을 볼 때마다 깜짝깜짝 놀라요. 얼굴에 전에 없던 변화를 겪는 중이거든요. 주먹 하나를 삼킨 양 왼 얼굴이 땡땡 부었네요. 다시 종이를 꺼내 읽어요. 스물네 시간 동안은 식은 죽을 먹고요. 운동은 하지 말라네요. 이틀 동안 얼음찜질을 하고요. 일주일간은 담배도, 술도 안 된대요.

하지 말라는 게 많지만, 그러지 않아도 며칠은 꼼짝도 못 할 것 같아요. 사람 하나 없어지든, 이가 하나 없어지든, 무엇이 더 아픈가는 모르겠지만, 없다가 생긴 것 하나 사라졌을 뿐인데 아픈 건 같네요. 언제나 그렇듯 머지않아 아물겠지요.

수술 전엔 얼른 뽑고 다음 사랑니도 뽑을까 했었는데요. 아마 또 충치가 생길 때까지 미루고, 또 미룰 것 같아요. 어쩐지 이제는 사랑니란 이름이 조금 납득이 가요.

플라스틱 화분

적적한 이들은 식물을 키우기도 하지. 어쩌면 그들은 키가 크고 꽃이 피는 걸 바라지 않을지도 몰라. 옆에 두고 위안을 얻는 거야. 물을 주면 뿌리를 적시고, 빛을 쬐며 잎을 흔드는 친구가 생기는 거야. 곁에서 떠나지 않는, 언제나 생기를 머금은 작은 친구.

화분 키워본 적 있어? 어렸을 적 우리 집 베란다엔 화분이 많았거든. 난도 있었고, 알로에도 있었고.

기억은 잘 나지 않지만, 꽃을 피우는 식물도 있었어. 베란다의 식물을 예의 주시하는 건 아니었지만, 아버지가 '꽃 피었다' 말하면 달려가곤 했어.

작은 꽃눈이 자라 봉오리가 되고
꽃이 피는 걸 눈에 담을 때면,
어깻죽지에서 날개가 돋아나는 기분이었어.
어찌나 놀랍던지.

처음 혼자서 키우게 된 건 작은 야자였어. 두부, 버섯, 대파 따위를 사서 집에 돌아오는 길이었어. 형편없는 요리실력으로도 혼자 어느 정도 소비해낼 수 있는 재료들이야. 손에 봉지 하나를 들고 걷는데, 저 데려가라며 인도까지 발을 내민 화분들에 걸음을 멈추었어.

오래 볼 수 있을 줄로 알았지. 뿌리 잘린 꽃 대신 화분을 사는 건 처음이었거든. 안에서 나온 꽃집 주인에게 하나 했던 물음이 기억나.

'잘 안 죽는 식물이 뭐예요?'

그러니까 죽지만 않으면 됐던 거야. 얼마나 자라건, 꽃을 피우건 피우지 않건. 얇은 잎이 촘촘하게 돋아난 화분 하나를 다른 봉투에 담아 집으로 돌아왔어. 분갈이는 하지 않은, 그저 흙과 식물을 담기 위한 검은색 플라스틱 화분.

'아레카야자'라고 했어. 이주에 한 번 물을 주는 것만으로 괜찮다고 했어. 바닥에 자리가 없어 냉장고 위에 올려두었어. 침대에서 일어나면 눈높이에서 인사를 하고는 했어. 마트에서 장을 보듯 그렇게 식구를 사 왔어.

너는 오랜만에 연락해서는 나를 아플 때 생각나는 사람이라고 했어. 몸 가누지 못할 정도로 아프다고. 그런데 다른 사람도 아니고 내가 떠올랐다고. 왜인지 모르겠다고. 나도 몰랐어. 그때는. 다만, 다시 꽃봉오리를 발견한 아이처럼 날개뼈가 간지러운 나날이었어. 내가 있어 다행이라고 말했어. '보고 싶다'라는 말을 주고받았어.

좋더라. 많이 쓸쓸했거든. 작은 방에 다른 생물 하나 있다는 게 위안이 되었어. 지금은 기억나지 않지만, 이름도 지어주었는데. 오래 잘 지내주었으면 했는데, 죽었어. 잘 안 죽는 화분을 사 왔는데도. 물을 많이 주었던 걸까, 적게 주었던 걸까. 어떤 이유로 죽게 되었는지도 몰라. 그저 서서히 까맣게 물들어가다, 잎이 지고 줄기가 꺾였어.

화분을 어떻게 버려야 하는지 너는 알아? 나는 몰랐는데. 흙이고 화분이고, 어디에 어떻게 버려야 하는 건지. 그게 아니면, 잠깐이나마 이름을 불러주던 죽은 식물에 미련이 남았던 걸까. 검은색 플라스틱 화분과 그곳에 꽂힌 말라죽은 식물의 줄기는 집 밖으로 쫓겨나지 않았어.

화장실 한쪽에서 몇 달을 보냈어. 그러다 나중에 집을 이사할 때가 되어서야 정리를 하게 된 거야. 흙은 폐기물로, 화분은 재활용 쓰레기로. 방법이야 어떻든, 그곳에 있으면 안 되는 게 되고서야 치워버렸어.

그때는 몰랐지만, 이제는 알겠어.

네가 어떤 이유로 나를 다시 찾았는지.

그리고 한 번 더 떠났는지. 맺힌 꽃눈 살피지 않고 어디로 갔는지. 네 말대로 다행이야. 잠깐이나마, 들기 쉬운 봉투에 담겨 좋았어. 검은색 플라스틱 화분에라도 심길 수 있어 좋았어. 괜찮아, 나는 괜찮아. 적적한 이들은 식물을 키우기도 하잖아.

결 핍

당신은 무엇을 채우려 살아가는지.

다만 우리 가는 길이 너무 고되고, 쓸쓸하지는 않았으면.

멍에 바르는 약이 있나요?

몸에 푸른 멍이 하나 생겨 약국을 찾았다. 멍이란, 시간을 두고 지켜보며 자연히 낫기를 바라는 것인 줄로 알았다. 그에 바르는 약도 있다는 이야기를 최근에야 들었다. 마침 역 근처에 볼일이 있어 나온 참이었고, 역에서 멀지 않은 곳엔 약국이 하나쯤은 있다.

지도에서 찾아 걸어 들어온 약국은 좁았다. 문을 열고 몇 걸음을 들어서니 흰 가운을 입은 젊은 약사

앞에 서게 됐다. 그 모습이 테이크아웃을 전문으로 하는 카페의 손님과 점원 같기도, 고해성사하러 온 신자와 성직자 같기도 했다.

"멍에 바르는 약이 있나요?"

"그럼, 있고 말고요."

출입문으로부터 이곳까지의 거리가 멀지 않듯, 온갖 약상자들로 빼곡한 계산대 너머도 넓지 않았다. 멍은 겉으로 드러나지 않는 내 몸에 있는데 알기라도 한 걸까. 물음을 뱉은 입술이 채 닫히기도 전에 그의 손이 움직인다. 한 발짝도 움직이지 않고 손을 뻗는 것만으로 벽 선반에서 작은 약상자 하나를 꺼낸다.

'멍약', 무안하리만큼 직관적인 이름. 그런데 약을 건네는 약사의 손길에 잠깐 조심스러운 기색이 스친다. 일순간 나의 표정을 살피려는 것 같기도 했다.

"어른이 바르실 거지요?"

내가 쓸 거란 말을 하고, 카드를 건네 계산했다.

"고맙습니다."

"네, 고맙습니다. 안녕히 계세요."

다시 문을 여는 데까지 세 걸음. 몸을 감싸는 찬바람을 느끼며 주머니에 손을 찔러 넣었다. '어른이 바르실 거지요?' 성인이 바를 거냐는 말도 아니고, 어른이 바를 거냐니. 역을 향해 걷는 동안 약사가 건넨 질문이 머리에서 떠나지 않는다.

의도가 뭐였을까. 다시 돌아가서 물어볼까. 어른이란 단어에 묶여 있지 말고, 연령상의 성인을 어른이라 칭했다고 하자. 그렇다면 다음은? 아이는 쓰면 안 되는 성분이라도 있는 것일까. 아니면 어른의 멍을 치료하려면 별다른 성분이라도 필요한 것일까. 아이일 땐 잘 듣던 약이 자라고 나서는 듣질 않아 다른 약을 써야 한다든지.

몸이 가벼워 지금보다 뜀박질이 쉬웠던 나이엔 멍도 잦았다. 가벼운 만큼 여리고 무르기도 했을 테다. 달리다 고꾸라지거나, 부딪히거나 하면 몸의 일부가 단풍처럼 붉으락푸르락 해졌다. 멍이 들어도 생채기에서 피가 흐르는 게 아니라면 약은 바르지 않았다. 흉터가 남는 것도 아니니까.

질문 하나로 시작된 생각이 지하철을 타고 두 개의 역을 지나쳐 집에 도착할 때까지 이어진다.

멍은 자주 생기는 자리가 정해져 있다. 무릎이나 허벅지, 정강이나 팔꿈치 같은, 내 몸의 바깥 자리 부위. 중심으로부터 멀어 달리면 정신없이 팔랑이던 자락들. 움직임이 적은 곳은 당연히 멍들 일도 없었다.

이를테면 가슴팍이나 목덜미 같은 곳들. 어른은 모르겠지만, 성인이 되고 나서는 그런 몸 안쪽에 얼룩덜룩 벌건 자국이 남기도 했다. 풀린 눈으로 타인의 몸 위에 허겁지겁 자국을 남겼다.

멍이 피부 아래 혈관이 터져 고인 것이라는 걸 알게 된 어린 날엔 적잖은 충격을 받았다. 자국이나 흔적 따위로만 알았는데, 그렇다면 피부가 찢기고 피를 흘리지 않아도 상처로 대해야 하는 것일까. 그러니까 이건 다친 게 아니야, 했는데 사실 속에서는 피를 흘리고 있었던 거다.

오늘에야 그저 사라지길 기다리는 게 아니라,

약을 바르며 돌보아야겠단 생각을 했을는지도.

손가락에 피가 흐르는 걸 보고, 어디서 베였더라 되물었던 적이 있다. 멍도 나 모르는 새에 생길 때가 많았다. 어딘가 닿고 나서야 움찔하며 멍이 들었구나 했다. 아주 날카로운 것에 스치듯 베이면 쉽게 알아채지 못하는 것처럼, 멍 또한 알아채지 못할 만큼의 세기로 채여도 속이 터져 짓무르게 되는가 한다.

흐르는 피를 닦아내고 나면 상처를 벌려보곤 했다. 딱딱한 손가락 피부 아래 하얀 살이 드러난다. 마찬가지로 멍이 들면 꾹 눌러보고 꼬집어본다. 아픈가? 통증이 가시고도 주변의 살과 색이 같아지기까지는 며칠이 걸린다. 남은 자국은 찍고 가버린 것을 잊는 데 방해가 된다. 볼 때마다 떠올리게 한다.

거울 앞에 서서 웃옷을 벗고 몸 안쪽의 멍에다 약을 바른다. 투명하고 질척거리는 액체. 약에 대해선 아는 게 없지만, 이토록 맑고 묽은 것으로 치료할 수 있는 것일까. 자국이 아닌 상처. 자국을 남기고 싶다는 마음과 생채기를 내고 싶다는 마음은 멀지 않겠다.

가파른 절벽 끝에 서서 아래를 내려다본다.

어여쁘고 위태롭다.

소리를 듣는 방

내가 지내는 곳엔 방이 두 개 있습니다. 작은 방과 큰 방. 작은 방엔 옷장, 거울 그리고 냉장고가 있고, 큰 방엔 침대와 책상, 소파와 낮은 테이블이 있어요. 그러니까 큰 방은 몸을 붙여두는 곳이고, 작은 방은 이따금 드나드는 곳입니다. 몸을 씻고서 그날의 옷을 골라 입거나, 끼니를 해결할 식재료를 꺼내오는 게 전부입니다.

그런데 요즘은 옷방 거울 앞에 앉아 있는 시간이 좋아졌습니다. 무얼 하는 것은 아니고, 그저 앉아 있어요. 냉장고에 기대 양쪽 무릎을 그러안고, 풀 죽은 빵처럼 펑퍼짐하게. 요즘이라기엔 매일도, 자주도 아니지만, 언제나 그러고 있을 수 있는 것도 아니거든요.

사그락, 사그락.

사그락, 사그락.

하루 중 이십 분 정도를 옷방에 머물게 된 건 창밖으로 들려오는 이 소리 때문이에요. 식사 때로 따지면, 아침과 점심 사이. 잠에서 덜 깬 채로 느릿느릿 침대에서 걸어 나와 냉장고 앞에 풀썩 앉기도 합니다. 실은 그랬던 적이 더 많아요. 새하얀 이불에서 뒤척이는 소리 같기도, 책장을 넘기는 소리 같기도 해서 좋아요. 눈을 감고 가만히.

사그락, 사그락.

사그락, 사그락.

처음 앉았던 게 고작 지난주예요. 처음 소리를 들었을 때부터, 어디서 나는 무슨 소리인지는 알고 있었어요. 몇 번이나 봤거든요. 이른 외출을 하는 날엔 현관문을 나서다 눈을 마주치기도 했습니다. 그때마다 속에 편지를 감춘 사람처럼 냉큼 눈을 피하곤 했어요.

그러다 지난주엔 처음으로, 소리를 들으며 '옷방에 앉아있어도 좋겠다' 생각을 한 거지요. 낙엽이 굴러다니는 소리예요. 정확히는, 대빗자루로 바닥을 쓸어 낙엽을 옮기는 소리입니다. 대빗자루질을 해본 적이 있나요? 싸리나무로 만든 것이든, 초록 플라스틱으로 만든 것이든.

대빗은 아스팔트 바닥이나, 흙 마당 같은 거친 노면을 쓸기 위한 용도여서인지 빗자루 모가 두꺼워요. 심이라는 말이 좀 더 어울릴지도요. 바닥을 쓸고 있으면 쓸어낸다는 느낌보다는, 긁어내는 듯한 느낌이 들어요.

차림을 보아선 환경미화원분도 아니에요. 옷차림이야 날마다 다르지만, 날씨에 비해선 가볍고 편안한 옷차림입니다. 금방 쓸고 들어갈 거라는 듯. 누군 236

지는 앞으로도 모르겠지요. 뒤쪽 다세대 주택의 관리인인지, 부지런한 입주민인지. 담담한 표정으로 공터의 낙엽을 쓸어내는 모습이 환절기에 동물의 묵은 털을 벗어내는 것과도 닮았어요.

집 현관문 앞에도 낙엽들이 있습니다. 복도 끝에 있는 내 집 현관문이 어느 바람길의 종착지가 되는 모양입니다. 벌컥 문을 열면 몇 개가 냉큼 집으로 들어오기도 해요. 밖이 많이 추워졌으니 문을 열어달라 기다리고 있었던 걸까요.

구태여 집에 낙엽을 들이지는 않지만, 그렇다고 복도의 낙엽을 치우지도 않았어요. 옆집 사람도 낙엽이 쌓이는 것에 대해선 개의치 않나 봅니다. 하나 둘 머무르던 것들이 소복하게 쌓인 것이거든요. 그게 다행으로 여겨집니다.

가을이 가려나 봅니다. 공터의 단풍나무를 보니, 윗방에 앉아 낙엽 쓰는 소리를 듣는 것도 앞으로 며칠이 고작이겠어요. 그러니 이제 일어나야지요. 죽은 털을 털어내면 풍성한 겨울옷을 입는 고양이처럼, 외투 주머니 속 달구어진 손바닥처럼. 오는 계절 만연한 것들을 찾아야겠어요.

털 공

바닥에 주저앉아 카펫에 묻은 털을 그러모으며 생각해요.

'나도 누군가 이렇게 빗겨준다면 좋을 텐데.'

너 털갈이를 하는구나, 이리 오렴. 빗겨줄게.

그럼 눈앞의 간식이나 핥으며, '골골골' 소리를 내겠지요.

나는 요즘 털갈이를 하는 마음으로 지내요.
온 집안에 털이 날려요.
언제쯤 지난 털을 말끔히 벗어낼까요.

늦가을,
새끼손가락

멀어진 사람은 버린 과일 같았다. 뿌리에서 멀어진 열매는 시들거나 상해간다. 부엌에 사둔 과일의 2할은 쓰레기통에 버려졌다. 검은 반점이 늘어가다 새까매진 바나나와 허연 곰팡이가 핀 밀감, 냉장고 야채칸 속에서 잊힌 채 쪼그라들었던 사과. 시기를 놓쳐 먹지 못하면, 먹을 수 없다.

상했어, 버려야 해.

겉모습만으로도 알 수 있으니

미련 가질 겨를도 없다.

계절이 지나갈 때면 어김없이 비가 왔다. 느린 피아노곡을 틀어두면, 건반과 건반 사이가 빗소리로 찬다. 비가 내리는 동안 전화를 세 통 받았다. 한 통은 집에서 온 것, 다른 두 통은 잊을 뻔한, 실은 소식이 궁금했던 이로부터 온 것. 한 사람은 걸어서 오 분 거리에, 한 사람은 제주에 지낸다. 평소엔 연락을 주고받거나 하지도 않았는데.

'퇴근하면서 집에 가다가 전화했어. 그냥 생각이 나서. 이번 주는 내내 비가 온대. 곧 눈이 올지도 모르겠다. 요즘은 어떤 책을 읽어? 어제도 밤을 새웠어. 빌렸던 책 아직 가지고 있는데. 곧 신입이 들어온대. 바빠 보이더라 요즘. 목소리 들으니 좋네. 그러게, 좋다.'

돌아보려니 두 대화가 뒤죽박죽으로 섞인다. 사람에게 타인의 목소리는 무엇으로 작용하는 것일까.

고작 몇십 분의 통화가 성큼 몇 년의 공백을 메우고, 바닥에 주저앉은 사람을 끌어올린다. 휴대폰에 입과 귀를 대고 있는 동안은, 다른 곳에 있는 듯한 기분이 든다. 둘만을 위해 마련된 응접실이나, 면회실 같은 곳. 주고받는 대화도 다를 게 없다.

멀다, 가깝다, 부르게 된 것은 마음의 거리감 때문이지 물리적 거리가 아니다. 차라리 있고 없고를 따지는 게 더 맞는 걸까. 아주 먼 곳으로 떠났든, 오래 얼굴을 보지 않았든, 있는 사람은 있는 거다. 잊으려다가도 전화 걸어 목소리 들을 수 있다면, 아직 닿을 수 있는 곳에 있다면.

잊고 있던 과일 상자엔
여전히 생기를 머금은 과일들이 있다.

한바탕 내린 비가 그치고 연남동의 숲길을 걸었다. 조용한 음악을 골라서 트는 카페를 찾을 셈이었다. 넓은 카페면 더 좋고. 운이 좋아 찾게 된다면, 자주자주 가야지. 매일매일 같은 커피를 마셔야지. 살금살금 낯익은 손님이 되어야지.

그렇게 몰래 친구가 되어야지. 언젠가는 나 이런 일이 있었어. 저런 일이 있었어. 이야기도 하고 들어야지. 기분 좋은 상상이 걸음을 가볍게 한다.

며칠 비가 온 탓인지 낙엽이 많이 졌다. 낙엽을 좀 밟을까 했는데, 사람이 걷는 길은 깨끗하게 쓸어두었고, 잔디밭엔 들어가지 못하도록 선을 쳐두었다. 그 덕에 가지를 본다. 열매에 가까운 밀도. 남은 가을의 나뭇잎들이 주렁주렁 열렸다. 사진을 찍고 보니 잎들이 모두 바닥을 향해있다. 비가 오고 바람이 불어서인지 위로 난 잎들은 먼저 떨어졌다.

그 모습이 어렸을 때 하던 손가락 씨름의 마지막 결전 같다. 맞댄 손 가장 아래에 있는 새끼손가락의 사투. 손가락 씨름은 깍지를 끼고 가장 위의 손가락부터 펴 맞댄 뒤, 상대의 손가락을 내리치는 놀이다. 공격을 받아내는 상대는 펴진 손가락 두 개를 힘주어 비틀어지지 않게 버텨내야 한다. 검지, 중지, 약지가 비틀어져 지고 나면 마지막엔 새끼손가락이 남았다.

평소 잘 쓰지 않는 새끼손가락은 힘이 약해서 하나 마나였지만. 새끼손가락 두 개로 검지나 중지 두

개를 이길 수는 없는 노릇이었다. 어김없이 졌다. 새끼손가락의 차례가 오면 울상을 지으면서도 손가락에 안간힘을 준다.

새끼손가락이 제 소임을 다하는 때가 있다.

약속할 때, 처음 맞닿아 서로를 당기는 새끼손가락의 역할이 좋다. 샅바를 말아 쥐듯 양손의 새끼손가락을 단단히 걸고, 엄지를 지그시. 약속하자, 약속. 네 덕에 마른 과일 대신 마른 잎을 떠올리며, 우리 또 전화해. 보고 싶다. 쓰지 않던 약한 손가락을 힘주어 건다. 가을은 이루어질지 모를 약속하기에 좋은 계절이다.

누구나가 누군가를 떠나보내고

지난겨울, 제주에서 두 달 정도를 지냈을 때, 그 중 2주는 북쪽의 한 게스트하우스에서 보냈었다. 원래는 친구들이 제주에 온다기에 공항 근처에서 함께 묵으려 1박이나 2박 정도를 할 요량이었는데, 그곳이 좋아 2주를 머물렀다.

근처에 대단한 볼거리가 있거나 그곳의 바다가 다른 곳보다 아름다웠던 건 아니었다. 단지 그곳에서 만난 사람들이 좋아서. 젊은 나이에 일을 정리하고 제주로 와 게스트하우스를 꾸린 사장님과 그곳에서 먹고 자며 지내는 두 명의 스텝들. 그리고 매일의 방문객들.

게스트하우스에는 매일 다른 사람들이 찾아온다. 공항에서 멀지 않은 곳에 있는 터라, 제주에 막 도착한 여행객이나 이제 제주에서 떠나는 여행객이 주로 묵는다. 대부분이 내가 처음 그곳에 갔을 때처럼 하루 혹은 이틀은 묵는다.

그곳에서는 저녁마다 '파티'라는 이름으로 술을 마셨다. 낯선 사람들과 함께 테이블에 둘러앉아 함께 고기를 구워 먹고, 술잔을 나눴다. 다른 나이, 다른 직업, 다른 말투. 게스트하우스에 오기 전 한 달을 거의 혼자서 지냈다.

그곳에 앉아 있는 시간만큼은 잊고 지내던 들뜸을 새로이 누릴 수 있었다. 그렇게 나는 온전한 여행객이 되어 이야기를 주고받고는 했다.

'처음엔 좋았는데. 여러 사람을 만나고, 이야기를 듣고. 근데 이제는 좀 서글프기도 해. 이 하루가 지나면 떠날 사람들이잖아. 하지만 나는 함께 떠날 수가 없는걸. 하루 치의 이야기를 잊기도 전에 또 다른 이야기를 들어야 해. 하루하루 그런 날의 반복이야. 웃으며 이야기 나누면서도 곧 갈 사람이지, 라고 되뇌곤 해. 더 정을 주기 전에. 오늘이 지나면 궁금해지지 않도록.'

이틀째 되던 날, 스태프로 있던 아이 중 하나가 내게 말했다. 그날도 어제처럼 저녁부터 술을 마셨고, 열을 식히러 바다 앞에 나온 참이었다. 몇 모금 남지 않은 담배를 나누어 폈다. 담배가 짧아질수록 들이마시는 숨의 깊이도 짧아져 갔다.

기어코 마지막에는 입술만 겨우 가져다 댄 담배를 그 아이에게 건네주었다. 그리고 그 아이에게 열흘 정도를 더 묵겠다고 말했다. 그동안은 '언제나의 내일'도 함께 있을 것처럼 함께 술을 마시고 이야기를 나눴다.

그곳에서 묵었던 2주의 마지막 날은, 그 아이에게 일하는 기간 두 달의 마지막 날이기도 했다. 함께 떠나지 못하고, 머물러 기억해야 해서 슬프다고 말했던. 함께 그동안 가보고 싶었던 곳들을 가기로 했다.

그해 겨울 제주에 더는 떠나보내지 않아도 되는 사람과 더는 혼자가 아니었던 사람이 있었다.

*

"오랜만인 것 같은데요, 그때가 가을쯤이었던 것 같은데."

다시 생각난 건 넉 달 만에 찾은 미용실에서였다. 계절이 바뀌고야 찾은 곳에서 나를 기억한다. 앞머리는 너무 짧은 걸 좋아하지 않고, 옆머리는 몇 밀리로 깎는지. 그땐 염색해서 머리색이 밝았던 것 같다는 둥, 나조차 기억을 더듬어야 하는 것들까지. 이곳에서 나를 잊지 않은 사람 덕에 다시 그 아이를 기억한다.

머무르며 기억하던 사람.

누구나가 누군가를 떠나보낸다. 그리고 떠나보낸 이의 부분을 기억하며 지낸다. 나도 곧잘 그런 사람이 되고는 했다. 삶에 손님이 되어 찾아왔던 이들이 있다. 기억하는 이들과 기억하지 못하는 이들을 떠나보내면서 지내왔다.

말 한마디에 돌아온 겨울이 갈 때가 다 되어서야 궁금해진다. 다시 만나지 못할 사람에게도 어떤 모습으로든 내가 남아있을까 하고. 머무르는 사람이 되어 남은 기억을 뒤적인다.

솜 틀 집

대문 옆에서 작은 광고 전단을 봤어. 매일 드나드는 집 대문 말이야. 누가, 언제 붙여 둔 걸까. 이 정도의 크기라면 보고도 지나쳤겠어. 전단이라기에도 부끄러운 크기야. 이런 건 아마 홍보 스티커 정도가 될까. 손바닥의 절반도 되어 보이지 않는다. 눈이 가는 곳에 있거나, 일부러 찾아서 보지 않으면 찾기가 어렵겠어.

솜틀집
뻥 뚫어드립니다
원룸 이사
곰팡이
돈

그런 스티커 몇 개를 더 찾았어. 전봇대에 붙어있는 에이포 크기의 큰 홍보지와는 조금 달라. 구구절절 설명하지 않거든. 누가, 어디서, 어떻게, 이런 건 찾아볼 수도 없어. 고작 단어 한두 개, 문장 하나. 그리고 손톱만 한 글씨로 전화번호가 쓰여 있어.

처음엔 그런 생각을 했거든. 저런 곳을 찾아서 전화하는 사람이 있을까. 제대로 보이지도 않을 크기로. 무슨 홍보를 한다는 건지. 그렇지만, 분명히 '있는 곳'들이잖아. 새로 붙인 듯한 멀쩡한 스티커도 몇 개를 봤거든.

물론 낡고 바랜 스티커를 본 것도 한둘이 아니지만. 아래에 적힌 전화번호로 전화를 하면 분명 누군가 받을 거야. 누군가에게 전화하는 것과 마찬가지로, 수화음이 갈 거고, 이내 목소리가 들려올 거야.

그렇지?

그곳엔 분명하게 누군가가 있어.

누군가는 이불의 솜을 다시 채우기 위해서 전화하기도 할 거고, 도무지 돈이 생길 곳이 없어 어쩔 수 없이 전화하기도 할 거야. 또 누군가 막힌 하수구를 뚫으러 와주기도 할 거고, 버거운 이사를 도와주러 오기도 할 거야.

나는 그 스티커를 통해서 전화를 걸어보거나 한 적은 없지만, 그 작은 스티커라도 필요한 사람이 있는 거야. 혼자서는 도저히 어떻게 해야 할지 모르겠을 때. 주변에서는 그 필요를 채우지 못할 때. 그 작은 조각에 적힌 전화번호를 누르는 사람이 있는 거야.

그런 스티커들이 어디에 붙어있는지 알아? 지하철역의 전광판처럼, 누구나 볼 수 있을 만한 곳에 떡하니 붙어있지는 않아. 골목을 돌 때마다 찾을 수 있는 전봇대에 붙어있지도 않아.

초인종 옆이나, 문을 열 때 문득 바라보게 되는 문틀의 한쪽 구석, 손을 씻고 고개를 돌렸을 때 보이는 사람 눈높이쯤의 벽.

큰 소리를 내지는 못하지만, 봐주기를 바라기라도 하는 듯한 곳에서 가만히 몸을 붙이고 있어. 먼저 말을 건네지도 못하고 눈길을 주면 그제야, 나 계속 이곳에 있었어.

너에게도 그런 곳이 있으려나. 내가 신발 끈을 묶을 때나, 집 근처의 우체국 사거리를 걸을 때나, 빵집에 들어가서 진열된 케이크들을 봤을 때처럼 말이야. 나는 그런 곳에 있어. 작고 하잘것없는 모양으로 꿋꿋하게 몸을 붙이고 있어. 네게 무엇 하나 건네지 못하지만, 나는 여기에 있어. 있잖아,

기다릴게.

돌아보면 눈에 띌 곳에서. 있는 것처럼, 없는 것처럼. 그러나 분명하게. 이곳에 있을게. 나라도 필요해지는 때가 오면, 그때라도 좋으니. 내가 네게 갈게.

시간을 잡아두는 방법

백 일 뒤면 올해의 마지막 날이래요. 좋아하는 계절이 왔다며 무늬가 예쁜 니트를 입어야지, 따뜻한 국물 요리를 먹어야지 하다가, 백 일이 남았다니 새삼스레 가는 하루가 아까워요.

산책을 하면서는 떨어진 플라타너스 잎을 카메라에 담아두었어요. 길마다 다르겠지만, 이제 얼마 안 가서 잎들이 우수수 지겠어요. 인도에 바스락거리는 카펫이 깔리고, 사람들은 생기 잃은 잎을 밟아보며 '가을이다, 가을이다' 하겠지요.

차가 많이 다니는 도로 주변에선 잎이 떨어지기 전에 가지를 잘라내기도 할 거예요. 가지가 앙상해지고 나면 전보다 고개를 드는 횟수가 적어질지 모르겠어요.

가을은 정말 '가는 계절'인가 봐요. 겪을수록 오는 것보다 가는 것들이 많게 느껴져요. 집에 돌아와서는 미루던 옷장 정리를 했어요. 옷걸이에 걸린 짧은 소매 티와 셔츠들을 모두 빼냈어요.

나무가 낙엽을 떨구듯 한 장씩, 천천히. 낙엽은 바스러지고 말지만, 다음 계절 또 입어야 할 옷들은 말아 개어 옷상자에 넣어둬요. 옷가지가 그리 많지도 않은데 시간이 꽤 걸린답니다.

그래서인지 가을이 오고도 미루고 미루기만 했어요. 안쪽으로 밀려났던 옷들을 뒤적여 꺼내는 게 불편해지고서야 하는 일이랍니다. 오늘 이후로는 낮이 더워 반팔이 입고 싶어도, 꺼내는 것이 귀찮아 셔츠를 걷어올리게 될 거예요.

석 달도 전부터, 어느 날이 올 걸 세어본 적이 있나요. 시험을 앞두고 그랬던 적도 있지만, 해를 보내며 숫자를 세어보기는 처음이에요. 올해는 내게 유독 아쉬움으로 남았나 봅니다.

까마득히 멀지는 않지만, 그렇다고 짧지도 않은 기간이에요. 이제 백 일밖에 남지 않았구나. 해가 가기 전에 뭐라도 해볼까. 가을엔 이런 생각도 해봅니다.

나는 생활이 되었으면 하는 일들을 모아 '습관 노트'를 만들기로 했어요. 일전에 책에서 읽었어요. 어떤 행동을 거르지 않고 하면, 2주면 서서히 습관이 되기 시작한대요. 석 달이면 습관을 만들기에 충분하지 않을까요?

'침구 정리하기, 하루 한 군데라도 청소하기, 짧게라도 운동하기, 휴대폰을 놓고 잠자리에 들기, 가방에 책 한 권씩 두기…….'

자주 하는 행동들은 습관이 되고,
습관이 모여 생활이 되고,
생활은 곧 삶의 모습이 됩니다.

앞으로 어떤 삶을 살아야 할지 몰라도 좋아요. 내가 가지고 싶은 습관들, 혹은 버리고 싶은 습관들을 모아보는 건 어떨까요. 생이란 무수한 오늘의 다발이니까요. 바람길을 만드는 마음으로 나무를 한 그루씩 심어보기로 해요.

오늘 덕에 남은 한 해를 어떻게 살아낼지 생각해 봅니다. 새해 첫날의 메모가 다짐이었다면, 오늘 쓰는 말들은 계획이라 하고 싶어요. 순간에 집중하는 것이야말로 시간을 잡아두는 가장 확실한 방법인걸요. 돌아본 오늘이 아쉽기만 하지는 않았으면 하는 마음이에요.

겨 울

당신에게도

당신의 걸음걸이가 있을 거다.

삶에 뒤처진다고 느껴질 때는

초초해하지 말고,

지금 서 있는 자리를 바라보는 건

어떨까.

겨울 아침

겨울 아침에는 사람을 생각하는 일이 좋다. 잠이 부족한 사람처럼 책상 위에 앉아 턱을 괸다. 책상을 말끔하게 치운 뒤에 방금 탄 커피를 응시한다. 언제쯤 김이 피어오르기를 멈출까 생각하면서. 입이 닿을 컵 가장자리에 손가락을 대어 본다.

좀 더 기다려보기로 한다. 이렇듯 센티, 혹은 초 단위로 변하는 온도마다 일일이 살을 대어보고 느끼는 일이 좋다.

사람은 뺨에 닿는 아침 바람에 지레 겁먹었다가도, 끝내 이불을 걷어내고 몸을 움직인다. 그제야 안다. 나가기가 무서웠던 건 이불 속에 오래 있었기 때문이라는 걸. 언제까지고 그 속에서만 있을 수는 없는 노릇이고, 바깥도 실은 살아낼 만한 곳이라는 것을.

옷을 한 겹 더 입고, 몸을 바삐 움직이면 금세 후덥지근해지는 게 사람이라고. 지난밤을 맨몸으로 지낸 사람에게는 걸리적거리고 귀찮은 일이었겠지만.

그거, 알고 보면

사실 그렇게 별일이 아니라고.

밤새 차게 식은 몸에 뜨거운 커피를 따라 넣는다. 빈속에 덥힌 음료를 머금고, 몸에 고르게 퍼지는 열기를 더듬는다. 찬 몸을 덥히는 건 어렵지 않다. 단순하기까지 하다. 저보다 뜨거운 것을 살에 대고 있으면 된다. 입 벌려 목구멍으로 집어넣으면 된다. 어려운 건 적당히 뜨거운 것을 찾는 일이다.

가령, 아침에 마실 커피 한잔을 준비하기 위해서

는 전기 포트에 차가운 물을 따라 넣고 버튼을 눌러야 한다. 팔팔 끓어 전원이 꺼질 때까지 기다려야 한다. 컵에 따라 붓고 커피를 탄 뒤에는 다시, 식기까지를 기다려야 한다.

마음 급한 어느 날에는 성급히 들이켠 커피에 온 입안을 데이기도 했고, 만들어둔 커피를 잊은 날에는 미지근하거나 차갑게 식은 커피를 감흥 없이 마셨다. 정말로 어려운 것은 적당히 뜨거운 것을 적당한 때에 취하는 것이다.

이번 겨울엔 사람을 많이 만났다. 아는 사람도 있었고, 모르는 사람도 있었다. 보고 싶었지만 보지 못했던 오랜 친구도, 얼굴만 알고 지내다 처음 만난 사람도 있었다. 두고서 보고 싶은 사람도, 그러고 싶지 않은 사람도 있었다.

유난히 시렸던 가을 탓에 겨울은 좀 따스하길 바라는 걸까. 전과 조금은 다른 방식으로 살아가게 됐다. 누구와도 친구가 될 수 있었지만, 막역한 이는 단 한 명도 없다고 말하던 사람. 그랬던 사람이 이제는 너무 뜨겁거나 차게 식은 커피는 입에 대지 않게 됐다.

그 덕에 보온병에 담아두고 싶은 사람들이 생겼다. 유해하고 얇은, 쉽게 내어주고 쉽게 버려질 플라스틱 컵 대신, 구태여 없는 자리를 내어 번거로이 들고 다닐 보온병. 곁에 두고 보고 싶을 때 보고, 이야기 나누고 싶을 때 이야기를 할 수 있었으면 하는.

이제야 안다.

오래도 이불 속에 살았구나. 내가 그토록 겁이 많은 사람이었던가, 그게 아니라면 유달리 따스한 이불이었던가 한다. 옷을 입고, 몸을 움직이면 될 일이다. 온기가 식은 이불을 개켜두고 주변의 온도에 살을 대어 본다.

아침 일기

첫째, 비 온 뒤의 맑은 하늘

둘째, 위에 앉아 느낄 수 있는 햇살과 바람

셋째, 오랜만에 만날 반가운 얼굴들

새로 생긴 습관이 있어요. 잠에서 깨면 명상을 하고, 아침 일기를 씁니다. 침대를 정리하고서 책상 의자나 소파에 편한 자세로 앉아요. 그다음 눈을 감고 몸을 늘어뜨립니다. 명상이라고 해서 어려운 게 아니라, 가만히 앉아 십 분 동안 심호흡을 하는 게 고작이랍니다.

마음을 가라앉히고서 나와 오늘 하루에 대해 생각해요. 느리지만, 짧은 십 분이 지나면 천천히 눈을 뜹니다.

다음으로는 일기를 써요. 하루를 보내지도 않고서 어떻게 하루를 기록하느냐고요? 아침 기록은 하루를 복기하기 위함이 아니라, 잘 보내기 위한 기록이에요. 하루를 덮어줄 지붕 대신, 단단하게 받쳐줄 주춧돌이 될 일과입니다.

처음엔 책을 읽고서 시작했다가 어느덧 습관이 되어 하루의 시작을 함께하게 되었어요. 정해둔 노트에 몇 가지를 씁니다. 〈내가 감사히 여기는 것〉, 〈오늘을 기분 좋게 만드는 것〉, 끝으로 〈오늘의 다짐〉. 이렇게 세 가지 항목을 세 개씩 써요.

처음, 써둔 세 가지는 이 중 〈내가 감사히 여기는 것〉들이에요. 오늘 내가 감사히 여기는 건 이 세 가지였어요. 며칠간은 비가 많이 내렸거든요. 빗소리를 들으려 창문을 열어두고, 밖에 나가기 전엔 우산을 챙겼어요. 내일도 비가 오려나 하며 날씨를 검색해 보던 나날이었습니다.

어제는 자는 동안에도 빗소리가 크게 들렸던 것 같아요. 그런데 오늘 아침엔 거짓말처럼 하늘이 맑네요. 책상에 앉아 몇 페이지 넘기지 않은 노트 위에다가 적어요. 20년 05월 19일. 아침 기록. 내가 감사히 여기는 것들. 한 자씩 쓰는 동안에 종이 위로 내려앉는 볕과 차지도 덥지도 않은 바람이 얼마나 고맙게 느껴지던지. 짧은 명상 덕인지 내게 닿는 모든 것들이 예민하게 느껴집니다.

그리고 오늘은 오랜만에 반가운 얼굴들을 만나는 날이에요. 오래도록 곁을 내어주는 고마운 친구들. 오랜만의 만남이기도 하고, 축하할 일도 있어 술을 한 병 사갈 생각이에요. 그리고 오늘 그걸 다 마시게 될지도 모르겠네요.

이렇듯 아침의 기록을 하며 잊었던 감사를 적어봅니다. 하루 중 나를 기분 좋게 만드는 것도, 더 열심히 살게 할 다짐도 좋지만, 이 습관을 계속해서 이어나가려 하는 이유는 내가 감사를 전하는 것들 덕이에요.

나는 자주 잊고 살아왔으니까요. 고마운지도 모르고 살았던 것이 절반, 고마웠던 사실마저 잊게 된 것이 절반입니다. 소중하고 감사한 것들이라고 하면서도 잊게 되는 이유는 차츰 곁에 있는 게 당연시되기 때문은 아닐까요.

그렇다면 당연할수록
감사가 뜸해지는 이유는요?

나는 앞으로도 이 일기를 매일같이 써볼 예정입니다. 지금은 어린 식물의 무른 줄기 같은 습관이지만, 단단한 껍질을 갖게 될 때까지 쓰고 싶어요. 아직은 세 개가 부족할 정도 고마운 것들이 떠올라요. 곁에서 감사함을 찾을 수 있는 것에 기쁜 요즘입니다.

하지만, 아마 몇 주만 지나도 이곳에 무언가를 쓰는 데 시간이 점점 더 걸릴 거예요. 고마운 이름들을 모두 적고, 이 계절의 꽃 이름을 모두 쓰면 나는 어떤 것에 감사를 전하게 될까요. 앞으로도 고마운 것들에 고마워하며 지내고 싶어요.

당연한 것들에 당연하게

고마워하고 싶어요.

첫눈, 다음 눈

첫눈이 오고 열흘 정도가 지났어. 여긴 아직 다음 눈이 내리지 않았어. 춥기는 추운데. 언제쯤 내리는 걸까, 다음 눈은. 첫눈이 오고 나면 기다렸다는 듯 펑펑 내릴 줄 알았는데 말이야. 지난달엔 그런 소식을 듣기도 했거든, 올해는 예년보다 눈이 많이 오는 해가 될 거라고. 그 말 한마디에 내심 기대하면서 지냈는데 말이야.

누가 그러더라.

눈이 왜 그렇게 좋으냐고.

내 모습이 눈밭을 나뒹구는 강아지를 보는 것 같다고. 그러게 나는 눈이 왜 이렇게 좋을까. 나는 눈이 많이 오지 않는 곳에서 나고 자랐어. 어렵지 않게 짠내를 맡을 수 있었던 남쪽 바다 근처. 봄이면 서울보다 벚꽃이 일주일은 먼저 피는 동네야. 그만큼 따뜻하다는 말이지. 눈이 왔던 해보다 오지 않은 해가 많았던 것 같아.

되짚어 보고 있자면 첫눈을 기다릴 수 있는 요즘에 고마워져. 그땐 '언제쯤 눈이 올까?'가 아닌 '이번 겨울엔 눈이 올까?' 생각하며 지냈거든. 단 하루라도 눈이 많이 왔던 해는 오래도록 잊지를 못해. 오 년 전 그때, 눈 정말 많이 왔었지? 이렇게 말이야. 그때가 아마 내가 아홉 살 땐가, 열 살 땐가.

그곳에도 매해 잊지 않고 눈이 내리는 곳이 있기는 했어. 바다와 마주 보는 뒷산의 꼭대기. 까치발을 들고 부엌 베란다 창을 열던 기억이 나. 가장 먼저 눈이 내리던 곳. 산봉우리가 하얘지면 가족들과 함께 언제쯤 눈이 올지를 점치곤 했어. 그날부턴 잠에서 깨자마자 뛰쳐나와 거실 커튼은 걷는 게 일과가 돼.

며칠이 지나고, 그러다 정말 눈이라도 오면 온 동네 아이들이 뛰어나와. 약속이라도 한 것처럼 아파트 단지 주차장에 모여 눈사람을 만들고, 눈싸움도 하고. 꼭 동화 속 어느 페이지에 들어온 것 같았어. 티브이에서 그림책에서 보던 걸 실제로 해보는 거야. 바닥에 드러누워 팔다리를 휘저으며 천사 모양을 만든다거나 하늘을 향해 입을 벌리고 한참 뛰어다니기도 했어.

눈 소식이 드문 동네라 대비가 허술해서인지, 손가락 마디만큼만 쌓여도 등교를 늦추거나 학교가 쉬곤 했어. 혹시 뛰놀 아이들을 생각해줬던 걸까, 지금 생각하면 어른들도 눈을 만끽하려고 그랬던 건지도 모르겠어.

지금의 내가 그렇잖아. 첫눈이 올 거란 소식에 해가 질 때부터 뜰 때까지 잠들지 못했거든. 휴대폰 날씨 앱을 켜고 한 시간마다 변하는 강설 확률을 확인

했어. 저녁엔 '오늘 새벽에 눈이 온대!' 였다가, 사십 퍼센트의 확률로 눈이 온다던 새벽 두 시부터는 창가에 앉아 눈이 오기만을 기다렸어.

졸음을 참지 못하고 눈이 감기던 새벽 여섯 시였어. 자기 전에 한 번만 더 창을 열어볼까 했더니.

첫눈이야.

기다리던 첫눈.

눈에 보이는 옷을 아무렇게나 입고 뛰쳐나갔어. 계단을 내려가는데 아파트 주차장에 아이들이 뛰노는 소리가 들리는 것 같았어. 그러게. 나는 어쩌다 이렇게 눈을 좋아하게 됐을까. 눈이 온다는 사실만으로 어떻게 이리 행복감에 젖을 수 있는 걸까. 아무도 없는 길을 바삐 걸으며, 손가락이 움직이지 않을 때까지 사진을 찍었어.

첫눈이 온 지 열흘이 지났어. 다음 눈은 아직이야. 혹시 크리스마스엔 눈이 올까. 크리스마스에도 눈이 온다면, 그땐 너는 어쩌다 눈을 좋아하게 되었느냐고 묻고 싶어.

깨어져도 반듯하게

조형물이라도 되는 듯 길 곳곳에 쌓인 보도블록 더미의 사진을 찍었다. 깨진 블록도 온전한 것들과 같은 더미에서, 하나치의 자리를 차지하며 쌓여 있다.

다년간의 걷기 경력을 가진, 나를 포함한 누구나가 보도블록을 까는 일 정도는 본 적 있지 않을까. 그 모습이 새롭고 놀라워서 멀찍이서 보고는 했다. 놀라운 이유는 그 작업의 진척이 생각보다 빠르게 진행된다는 점에서였다. 흙바닥을 편평하게 하고, 블록을 요철에 맞추어 놓으면 그만이다.

시간이 드는 일은 마무리를 할 때다. 인도가 끝나는 부분, 경계석과 닿는 곳에는 온전한 블록으로는 반듯하게 채워 넣을 수가 없다. 바닥에 깔린 보도블록과 경계석 사이의 거리나 모양을 눈대중으로 짐작하고, 채워 넣을 블록에다 정을 대고 쳐서 깨트린다.

이 사실을 알고 난 후로는 인도 끄트머리를 유심히 살피곤 하는데, 정말 깨진 블록들이 반듯하게 자리를 메꾸고 있다.

길가의 블록들도 운반하다가, 혹은 쌓다가 깨어진 걸까. 부서진 것들도 버리지 않고 함께 보관하는구나. 깨진 블록이 없다면, 필요할 때 멀쩡한 걸 다시 깨트려야 할 테니까. 그 사실이 내게 위안이 된다.

고작 깨진 보도블록을 버리지 않는다는 사실이. 깨어진 나와 반듯한 나를 한 더미에 놓아보기로 한다. 틈새가 많은 사람이어도 괜찮겠다. 세상의 많은 조각이 반듯하게 들어앉을 수 있도록.

풍경이 된 정물

오래된 길에는 이제는 풍경이 된 정물이 있다. 동네 마트 앞 빌라, 단풍나무 아래에는 검은색 자전거가 있다. 커다란 바구니를 달고 있는 녹슨 자전거. 모든 계절에 녹아 이 길에 뿌리를 내렸다. 주인을 잃었을까. 버려졌을까.

한 계절에 한두 장은 그곳의 사진을 찍었다. 그늘을 드리우는 단풍나무가 좋아서, 나고 지는 잎이 시시각각 안겨주는 계절감이 좋아서. 때마다 다른 색으로 비치는 자전거도 제 몫을 보탰다. 단풍나무가 심어질 때부터 그곳에 있었던 것만 같다.

사각형 프레임에 담기는 나무와 자전거는 계절 하나를 보낼 때마다 차츰 아끼는 풍경이 되어갔다.

조용히 한자리에서 세월을 나는 자전거는, 이따금 말끔한 모습으로 내 머릿속에서 페달을 굴린다. 어느 날은 뒷바퀴에 보조 바퀴 두 개를 달아보기도 했고, 또 어느 날은 30구짜리 계란 한 판과 두부나 대파 따위를 넣어보기도 했다.

출퇴근용 손가방이 들어가기도 했을까. 누군가는 이 자전거로 처음 자전거 타는 연습을 했을지도 모른다. 몇 번을 넘어지기도, 페달에 발을 얹지 못하고 땅을 구르기도 하며.

어떤 이유로 더는 타지 않게 됐을까. 자전거를 타던 아이가 자라 이제는 쓰이지 않는 걸까. 더 크고 빠른 자전거가 생겼을까. 먼 곳으로 이사 가며 두고 간 건 아닐까.

떠올릴 수 있는 사람의 모양을 퍼즐처럼 맞춰 안

장 위에 앉혀 보다, 그늘 사이 정물의 처음을 상상해 본다. 이 자전거에 처음 주인이 생겼을 때. 그때는 지금처럼 아무 곳에나 내버려 두지 않았을 텐데. 비에 젖지 않도록 애지중지하며 마른 헝겊으로 먼지를 닦아내기도 했을 텐데.

겨우 한 해 마주친 나는 편협한 상상만으로 알 수 없는 역사가 있다. 이곳에 당연한 듯 자리한 단풍나무도 누군가는 씨를 뿌리거나 심었을 테고, 전봇대 옆 버려진 가구도 멀쩡히 집 안을 장식하던 때가 있었겠지.

맨 앞을 일컫는 처음은 '변화의 순간'이 되기도 한다. 그런 처음은 오래 기억에 남는다. 없던 것이 생기거나, 사라지거나. 어떤 일이 시작되거나, 끝나거나. 그 모든 것들의 처음. 그리고 처음에는 '처음의 마음'이 있다. 초심이라는 단어로 불리는 여리지만 가볍지 않은, 무르지만 빛이 나는 마음.

언젠가는 단단해지고,

다른 빛을 띠게 될 마음.

내게도 행방이 묘연한 처음의 마음들이 있다. 그들도 어디선가 단풍나무 아래 자전거처럼 삭아가고 있을까. 자전거를 살 때의 마음은 남을지언정, 세월이 흐르고 자전거를 타던 이는 변한다. 새롭던 변화의 순간도 빛이 바래기 마련이고, 아끼던 새 자전거도 낡아간다. 한자리에 머물게 된 검은색 자전거를 타던 이는 누구였을지, 멋대로 상상하는 걸 그만두었다.

애지중지하는 물건을 잃어버리기라도 한 듯, 초심을 되찾으려 했던 적이 있다. 지난 시간을 헤집어 그때의 마음을 기억하면 그 시절로 돌아갈 수 있을 것만 같았다.

초심은 처음의 마음이기에 초심이다. 처음이 아니고서야 그때의 마음과 완전히 같을 수는 없다. 잊지 않으면 된다. 그런 마음이 머물다 가기도 했던걸. 오늘은 '오늘의 마음'이 있다.

처음과 다른 내가 어리석고 미련하게 느껴질 때, 거리에 주인 잃은 정물들로 이루어진 '지금의 풍경'을 바라보기로 한다. 그리고 지금을 있게 해주었던 나의 처음에 감사하며, 흘러갈 오늘을 남겨둔다.

나아지려는 마음으로

'요즘은 어떤 고민을 하며 지내요?'

무엇이라도 고민하지 않던 때가 있었나 돌아보면, 없었던 것 같아요. 얼마간이라도 잊으려 멀찍이 떨어져 보기도 했지만, 멀어진다고 해서 사라지거나 하지는 않았어요.

여전히 그래요. 이전에 하던 고민거리들은 이제

무엇이었는지도 잊어버린 것도 있지만, 몇 년째 함께 살아가는 것들도 있고요. 또 요즘엔 요즘의 새로운 고민거리들을 안고 살지요.

내가 품고 있었던 고민을 떠올려 보면, 크게는 세 가지로 나누어 볼 수 있어요.

첫째, 어떡해야 할지 모르는 일

둘째, 마음대로 되지 않는 일

셋째, 앞으로 닥쳐올 일

막상 써놓고 보니 벌써 마음이 답답하고 불안한걸요. 당신도 그런 일이 있나요? 몇 가지가 떠오른다면, 이참에 내가 어떤 고민을 하며 사는지 알아두는 것도 좋을 것 같아요.

도대체 고민하는 이유는 뭘까요. 고민의 뜻은 '마음속으로 괴로워하고 애를 태움'이라고 해요. 왜 괴로워하고 애를 태우게 될까요. 세 가지로 분류해둔 목록을 보면, 실은 어쩔 수 없는 것들이잖아요. 1) 모르는 일, 2) 되지 않는 일, 3) 겪지 않은 미래. 다를 것 없는 말이잖아요.

그럼 우리 이렇게 생각해보는 건 어떨까요? 우리

끼리 고민의 뜻을 새로 정하는 거예요. '어쩔 수 없는 걸 어떻게라도 해보고 싶은 마음'이라고요. 이번에도 마찬가지로, 예로는 아래의 세 가지가 있겠어요.

첫째, 어떡할지 모르는 걸 알고 싶어 함

둘째, 마음처럼 되지 않는 일을 잘 해내고 싶어 함

셋째, 앞으로 닥쳐올 미래를 잘 살아내고 싶어 함

결국, 나아지기 위한 마음이라는 거예요. 장담하건대, 고민거리는 나를 괴롭고 힘들게 하는 것이라고만 생각하면 언제까지고 나를 갉아먹기만 할걸요.

그러니 한번 가지런히 써보기라도 하는 거예요. 내가 더 나은 결정을 하고 싶은 '어쩔 수 없는 것'들은 뭐가 있는지. 그리고 그것들을 위해서 어떤 결정을 하고, 어떤 방향으로 나아갈 수 있는지 곰곰이 생각해보는 거예요. 그리고 종이 위에 옮겨보기로 해요.

여전히 스스로가 못 미덥기만 하다고요? 아무렴 어때요. 우리는 지금 무려 '어쩔 수 없는 것'에 대한 대안을 짜고 있는 걸요. 답안지가 있는 문제를 푸는 학생이 아니라, 더 나은 방향으로 항해하는 선원이에요. 조타수이며 선장이에요.

나는 몇 가지 결정을 했어요. 당장 결과로 나타나는 것도 있지만, 오래도록 두고 보아야 하는 것도, 행동이 되기 위해 오랜 시간 기다려야 하는 결정도 있어요. 나도 내가 못 미더워요. 결과를 알 수 없는 선택들은 더더욱요.

하지만 언제나 숱한 고민을 안고 살아온, 나의 나아지려는 마음만큼은 믿어보려고 해요.

다시 묻고 싶어요.

'어떤 고민을 하며 지내요?'

늘 잊게 되는 것

지나간 일을 돌이킬 수도
다가올 일을 예측할 수도 없지만,
그 둘을 걱정하느라
지금을 망칠 수는 있다.

기분 좋아지는 법

첫째, 천천히 산책하며 생각하기
둘째, 오래 간직하고 싶은 노래와 영화 찾기
셋째, 장 보고 정성 들여 요리해 먹기
넷째, 보고 싶은 사람에게 전화하기
다섯째, 나를 위한 꽃을 사기

길에서 파는 행복

많은 사람을 염두에 두고 짜인 곳에 사람이 없으면 괜히 더 쓸쓸해 보인다. 짧은 미팅을 마치고, 나온 김에 조금만 걸어볼까 하고 걸음을 옮긴다. 두어 번 와본 게 다지만, 그때마다 한국인이고 외국인이고 넓은 길을 채우며 북적이는 곳이었는데. 사람 없는 인사동은 을씨년스럽기까지 하다.

주변을 구경하며 걷는데 앞의 교차로에서 노랫소

리가 들린다. 가로수를 둘러싼 벤치에 앉아 기타를 치고 있는 사람. 맞은편엔 연인 한 쌍이 앉아있다. 잠깐 서서 들을까. 부르던 노래가 끝나니 앉아있던 연인이 자리를 뜬다. 혼자만 멀뚱이 서 있기도 민망해서 걸음을 떼야 하나 하는데, 앞에서 먼저 말을 건넨다.

"와서 앉읍시다. 여기 방석 있으니까 방석 들고 가서 앉아."

그가 건네는 커다란 비닐봉지에 접이 방석이 들어있다. 더 듣고 싶기도 했고, 자리도 비었으니 앉을까. 하나를 꺼내 들어 연인이 앉아있던 곳에 앉았다. 그가 앉은 곳으로부터 일곱 걸음 정도의 거리. 사이로 사람이 지나갈 수도 있지만 지나가지 않는다. 대화를 하려면 평소보다 크게 목소리를 내야 한다.

"자네는 나이가 어떻게 되나. 이십 대? 아직 십 대인가?"

마스크로 얼굴을 가리고 있어서일 수도, 떠나지

않게 하려는 수작일지도 모르지만, 웃음이 났다. 십대라니, 터무니없는 숫자지만 기분은 좋다.

"이십 대 후반입니다."

"이십 대 후반, 아 좋을 때지. 나는 오십 하고도 반이 넘었네. 무슨 노래가 듣고 싶은가?"

그저 노래를 들을 셈으로 앉았는데, 듣고 싶은 노래라니. 머리가 새하얗다. 좋아하는 노래와 듣고 싶은 노래는 같은가? 그중에서도 그가 알만한 노래를 말해야 하는데. 20년의 차이를 메워줄 노래가 무엇이 있을까. 한참을 말이 없어도 그는 하나뿐인 관객을 잠자코 기다린다.

나이 이야기를 해서인지 김광석의 〈서른 즈음에〉가 떠올랐다.

"서른 즈음에, 듣고 싶습니다."

"좋지. 자네 나이에 맞는 노래네."

그가 감싸 안은 기타에서 익숙한 선율이 흐른다.

첫 멜로디를 듣고도 곡명을 알 만큼 좋아하는 노래다. 그러네. 앨범의 전곡을 넣어 하루에 몇 번씩 듣기도 했는데, 찾아 들은 지도 오래다. 처음 들었던 건 스물 근처에서였다. 그땐 멀다고 생각했는데. 어느덧 무슨 노래가 듣고 싶냐는 말에 대답으로 꺼내게 됐다. 많은 일이 있었지만, 생각만큼 멀지도, 길지도 않은 시간이었다.

지날수록 나이가 듦에 무감해지는 건, 손가락을 접어가며 세기엔 많아져서일지도 모른다. 하지만 그것보다 확실한 건 '내가 많니, 네가 많니' 하는 게 쓸데없는 일이란 걸 알게 되어서다. 생일까지 따져가며 턱을 추켜세우던 때도 있었지만, 이제는 상대의 나이가 어떻든 고개를 끄덕인다.

삶을 얼마나 살았는가에 크게 연연하지 않는다. 많든, 적든, 그저 '그렇구나' 할 뿐이다. 상대를 대하는 태도에는 변함이 없다.

당신이 얼마를 살았는지보다는
어떻게 살았는지가 듣고 싶다.

하지만 모두 다른 길로 산을 오르더라도, 어느 높이에 올라야만 볼 수 있는 풍경이 있을 거다. 시와 노래에서 시절을 그리고, 읽히고 불리며 사랑받는 것처럼. 그 시기에 보편적으로 느낄 수 있는 감정의 결이 있는 거겠지.

내가 떠나보낸 것도 아닌데, 내가 떠나온 것도 아닌데. 그때 들었던 노래와 다르게 들리는 건, 아마 부르는 이의 목소리가 달라서만은 아니겠지.

"나는 이 나이에도 노래 부르고 싶었어. 물론 이렇게 노래를 부를지는 몰랐지만 말이야."

내가 신청한 곡을 한 곡 더 듣고서 대화를 좀 더 나눴다. 그는 부인이 아파 모아둔 돈을 다 쓰게 되었다고, 어릴 적 기억을 떠올리듯 가볍게 말했다. 이번에는 그가 부르고 싶은 노래가 있다며 들려준다.

산이슬의 〈이사가던 날〉. 나 어렸을 적에 포크송이 좋아서 기타를 치기 시작했어, 라며. 대답도 듣지 않고 노래를 시작한다. 불러달란 노래를 불러줄 때와는 또 다른 분위기다. 발끝으로 박자를 맞추며 기타를 튕기는 그가 즐거워 보인다.

"거기 예쁜 커플아, 무슨 노래를 듣고 싶어요?"

누구에게 이야기를 건네나 했더니, 나 왔던 길에서 남녀 한 쌍이 걸어온다. 내가 멈추어 섰던 자리에 섰다. 노래도 많이 들었고, 이제는 내가 비켜줄까 싶어 엉덩이를 뗀다. 지갑을 여니 만 원짜리 한 장이 들었다. 며칠 전에 복권을 사볼까 하고 뽑아두었던 현금이다. 방석을 접어 넣고, 그의 앞 작은 상자에 지폐 한 장을 넣는다.

걸음걸이

우리 모두에게는 저마다의 속도가 있다. 이제는 꽤 오랜 습관이 된 일기 쓰기를 올해에도 하고 있다. 올해에는 연초에 선물 받은 하늘색의 일기장을 쓰고 있는데, 이런 색이 나와 어울리는지는 모르겠지만, 페이지마다 그날의 날짜가 적혀 있는 게 신기해서 일단은 쓰게 됐다.

원래는 사흘에 한 번, 일주일에 두세 번 쓰는 게

다였어서, 이렇게 날짜가 적힌 일기장에 쓰면 매일 일기를 쓸 수 있게 되지는 않을까, 했던 걸지도 모른다. 모서리에 있는 날짜를 따라가 보려 부단히 노력했다. 하지만 천천히, 쓰기 전에는 생각도 못 했던 불편한 점들이 눈에 보이기 시작했다.

나는 하루를 매일 기록하는 사람은 아니었지만, 쓰기 시작하면 일기뿐 아니라 계획과 읽고 있는 책, 글감 같은 걸 모조리 쓰는 사람이다. 한 페이지로는 턱없이 부족하다는 거다. 가령 '12일'의 페이지에 '11일'의 일기를 쓰고 있자면 잘못된 기분이 들어 일기를 얼른 끝내버리곤 했다.

딴에는 지난 몇 년 동안이나 단단하게 굳은 습관이라는 건지, 머지않아 비는 페이지가 생기기 시작했다. 20일의 페이지 위에 펜을 올려두고도 백지로 넘겨지는 18일과 19일을 생각했다. 그런 날에는 문장을 맺을 때마다 자책하며 마음을 무겁게 했다. 또 무거워진 마음은 속에 고스란히 쌓여 일기 쓰는 일을 미루게 했다.

지나치거나 채 따라가지 못하거나, 빈 페이지를

뭉텅이로 넘기기도 하다 결국엔 가방에 일기장을 넣지 않게 됐다. 미련하게도 원래의 내 걸음걸이마저 잃어버렸다.

한 달이 지나고 나서야 날짜를 가리고 처음으로 돌아갔다. 선물 받기 전의 날짜라 쓰지도 못하고 메모장으로 쓰던 1월부터. 처음부터였지만 다시 걷기 시작했다. 여전히 매일 일기를 쓰는 사람은 아니지만, 하루에 네 페이지를 쓰든 다섯 페이지를 쓰든 상관이 없다.

다시 한 달이 지나서야 오늘의 숫자가 적힌 곳에서 오늘을 쓰게 됐다. 전과 달라진 점이라면 앞의 모든 페이지가 검은 글씨로 빼곡하게 차 있고, 날카로운 종이 없이 부드럽게 손때가 탔다는 것.

당신에게도

당신의 걸음걸이가 있을 거다.

삶에 뒤처진다고 느껴질 때는 초조해하지 말고, 지금 서 있는 자리를 바라보는 건 어떨까. 주변의 것에 짜 맞추느라 원래 내가 걷던 모습을 잃고 주저앉은 건 아닌지, 한번 뒤돌아보는 건 어떨까. 때로는 느린 게 더 빠를 때도 있다.

자주 접히는 곳에
주름이 진다면

하루의 시작이 있다. 사람마다 그 시작의 시각도, 시작이라 인식하는 순간도 다르다. 이른 새벽이거나 오전 혹은 오후. 눈을 뜨는 순간부터 하루가 되기도 하고, 이불을 개키며 마음을 다잡기도 하겠지. 나의 경우에는 샤워기 아래서 물을 맞으면, 비로소 하루가 시작되었다고 느낀다.

잠에서 깨어도, 물을 따라 마셔도 다시 늑장을 부

리곤 하는 나는, 몸에 물을 끼얹고 비누칠을 하며, '이제는 어쩔 수 없이 하루가 시작됐네' 한다. 어쩐지 아무것도 할 기력이 없고 늘어지기만 하는 날에는 꾸역꾸역 이불을 걷어차고 나와 샤워를 하기도 했다. 몸을 씻는 일, 이런 매일의 시작은 일종의 루틴, 습관에서 더 나아가 의식과도 같은 역할을 한다.

샤워하는 데도 순서가 있다. 온수를 틀고 샴푸를 먼저 한다. 물살이 헝클어진 머리를 빗어 내린다. 샴푸 거품을 헹궈낸 다음엔 트리트먼트를 머리칼에 발라두고, 얼마간 기다려야 한다. 그동안 양치를 하고, 몸을 씻는다. 마지막으로 세수와 면도가 끝나면 머리를 헹구어 낸다.

날마다 반복하는 이 행동들의 순서마저도 이유가 있다. 다년간의 세신 경험을 바탕으로 차츰 보완되어 온 것이다.

치약을 짜려는데 튜브가 홀쭉하다. 뚜껑을 새로 연 지 얼마 되지 않은 것 같은데. 아마 '사회적 거리두기'를 착실히 수행한 결과인가 보다. 일과 중 적지 않은 비율을 채우던 헬스장은 문을 닫았고, 집에 있는 시간도 길어졌다. 운동을 마치면 보통 그곳에서 저녁 샤워를 했으니, 치약도 평소의 두 배의 속도로 줄었겠지.

달라진 게 치약뿐만은 아닐 거다. 생활 패턴이 변하며 빈도나 사용량이 늘어난 것도, 줄어든 것도 있다. 치약 용기 구석구석을 눌러 위쪽으로 모아둔다. 나갈 일이 생기면 꼭 치약을 사 와야지. 또 살 게 있을까.

가만히 몸을 지탱하기만 하는 데에도 열량이 필요하듯, 그저 살기 위해서 소비하는 것들도 있다. 생필품이라 불리는 것들, 그리고 그 외에도 사람은 필요에 따라 소비를 하며 산다. 생활과 같이 소비에도 패턴이 있겠지.

두 달마다 고양이 사료를 사고, 새 계절이 오면 새 옷이 사고 싶어진다. 치약 하나를 다 쓰는 데는 한 달에서 두 달 정도가 걸린다. 그렇게 각각 어느 정도의 주기가 있다.

주기를 두고 반복하는 일. 반복하여 몸에 익혀진 행동 방식을 습관이라 한다. 지난 삶을 돌아보며 나의 습관을 세어본다. 걸어온 발자국 사이를 관찰하며 보폭이 얼마인지 가늠해본다.

휴대폰에 연락 수단과 더불어 매일 사용하는 몇 안 되는 앱이 있다. 습관을 기록하도록, 혹은 습관으로 만들고 싶은 행동들을 그곳에 써둔다. 하루 중 그 일을 완료한 후 항목을 선택하면 달력에 정해둔 색으로 기록된다.

나의 경우에는, '운동하기', '책 읽기', '메모하기' 같은 항목부터 어젠 '침대에 눕기 전에 휴대폰 내려놓기'라는 항목까지 새로 생겼다. 달력에 찍힌 색색 점을 보면 괜히 뿌듯해진다.

내가 어떤 사람인지 알게 된다면, 아주 조금이라도, 발자국 사이 거리만큼이라도 알게 된다면, 되고 싶은 '무엇'에 좀 더 가까워질 수 있지 않을까? 설령 그것이 어떤 것인지 무엇인지 모른다고 해도 말이다.

자주 접히는 곳에 주름이 진다면,

나는 종이학을 접는 마음으로 살고 싶다.

책상에 와인

책상 위에 노트북이나 독서대, 메모장과 와인잔. 외출하지 않으려 애쓰는 내가 새로이 아끼게 된 장면. 독서대에 책을 얹고 읽거나, 글을 쓰며 옆의 와인을 조금씩 홀짝거리는 게 요즘 취미다.

내게는 그런 것들이 있다. 지금은 잘 씹어 삼키지만, 이전에는 입에 대지 않던 것들. 순대, 버섯, 조개, 가지……. 와인도 못 먹다 먹게 된 것 중 하나다. 술을 마시고 나서도 몇 년은 사 마실 생각조차 하지 않았다.

이런 것들을 먹고 마시지 못한 데는 저마다 다른 이유가 있었겠지만, 기본적인 공통점은 '맛이 없다'라는 거다. 엄밀히 말하자면, 제대로 맛을 느끼지 못한 것이다.

어떤 원리인지는 모르겠지만, 차츰 알게 되는 맛이 있다. 어릴 적엔 평생 먹을 일 없다고 생각하던 걸 지금은 먼저 찾는다. 쓰고 떫어 '나는 와인은 아니야'라고 말하던 사람이 이제 혼자서 곧잘 따라 마신다.

물론 그 맛을 온전히 안다고 말하기는 어렵겠다. 와인에 있어서는 세세한 취향이랄 것도 없고, 달지 않고 드라이한 걸 좋아한다는 정도다.

정말이지 아는 게 그다지 많지 않다. 종류라고 해도 편의점에 파는 자주 마시는 와인들의 이름 정도일까. 쉬라즈Shiraz니, 소비뇽Sauvignon이니 알아듣지 못하던 말들이 포도 품종이라는 걸 안지도 그리 오래되지 않았다.

그마다 어떤 차이가 있는지도 잘은 모르고, 와인

을 고를 때는 진열대 아래에 초심자들을 위한 맛 그래프를 참고해야 한다. 단 건 싫어, 단 건 싫어, 하며.

그런데도 좋아하는 건 좋아하는 거다. 술을 자주 마실 때는 한 주에 일곱 번 이상을 마실 때도 있었지만, 이제 그 정도로 마시지는 않는다. 일주일에 한두 번, 많아야 세 번쯤. 그것도 술자리랄 게 없으니 혼자서 마시는 날이 잦다. 술을 마시는 빈도와 환경이 변하면 마시는 술도 달라진다.

술마다 어울리는 분위기가 있다. 안주를 시켜놓고 사람 얼굴 보며 마실 때는 소주가 좋다. 가볍게 마시고 싶은 날엔 맥주를 조금 타 넣는 것도 좋다. 소맥과 비슷한 뉘앙스로 하이볼을 마시고, 조용히 말을 나누고 싶을 때는 2차로 위스키를 마신다.

진부하게도 비가 오면 막걸리에 파전이 먹고 싶어진다. 혼자서 마실 때는 와인이나 위스키, 그리고 아주 가끔 맥주. 위스키보단 와인이 도수가 낮아 부담스럽지 않다. 내게 소주는 사람으로 마시는 술이라 혼자서는 무리다.

레드 와인만 해도 종류마다 잔 모양이 제각각이라지만, 생활용품점에서 사 온 오천 원짜리 와인잔 하나가 고작이다. 그것만으로도 꽤 구색이 갖추어진다. 편의점 와인과 와인잔 하나가 책상 위의 물건들 사이에 균형 있게 자리 잡는다. 노트북 오른편, 수첩의 위. 원래 있던 것처럼 어색하지 않다.

마개를 따고 잔에 와인을 따른다. 병목을 따라 남은 술방울이 흘러내린다. 병을 돌리며 들어 올리면 된다지만, 그냥 한번 핥으면 그만이다. 혹은 티슈 한 장을 병목에 묶어두거나. 한 모금을 입에 머금고 잔을 내려둔다. 입술이 얇은 유리잔에서 떨어지며 얇은 소리가 난다.

잘 때 켜두는 조명처럼 희미한 소리. 책장을 넘기거나, 키보드를 누르는 소리 사이에 책갈피처럼 끼어든다. 텁텁한 하루 사이에 향을 더한다. 잘은 모르지만, 나는 그저 이런 장면들이 좋다. 적막하던 날에서 쓸쓸함을 덜어간다. 그저 고요할 뿐이라고 말해주는 것만 같다.

혼자서 조용히 술 마시기 좋은 나날이다.

내가 더, 네가 더

사진 찍으러 나갈래?

근처에 사는 친구들과 만나기로 했어요. 둘 다 사진을 찍는 친구들이에요. 아, 밖에 눈이 오고 있거든요. 오는 정도가 아니라 쏟아져 쌓이고 있대요. 먼저 만나 사진을 찍고 있겠다기에 그러라고 했어요. 그럼 우리 망원역에서 만나자. 눈 정말 많이 온다. 아,

맞다. 장갑!

집에서 망원역까지는 걸어서 십 분이 좀 더 걸려요. 손이 시린걸 꾹 참고 카메라를 들고 걸어요. 가는 길엔 사진도 몇 장 찍었어요. 사진을 찍어보고 오늘 날씨나 시간대에 따른 밝기에 맞추어 카메라의 설정을 조절해두어야 하거든요. 사진을 찍을 때마다 조금씩 만져주어야겠지만, 처음에 잘 설정해두면 크게는 바꾸지 않아도 돼요.

그리 먼 거리는 아니지만, 다시 장갑을 가지러 들어갔다 올 걸 그랬나 싶어요. 친구들을 만나서도 계속 카메라를 들고 있을 텐데.

야! 여기!

화들짝 놀라 돌아보니 친구 둘이 건물 안에서 눈과 추위를 피하고 있네요. 둘은 벌써 꽤 걸었대요. 그런데 눈 정말 많이 온다 그치? 그러게, 이렇게까지 오는 건 처음인가? 여기, 여기. 이거 마셔.

뭔가 했더니, 손에 데워진 두유 한 병을 쥐여줘요. 나 두유 진짜 좋아하는데. 곧바로 입에 털어 넣기엔 온기가 아쉬워 손과 함께 점퍼 주머니에 넣었어요. 따뜻하다.

어디로 갈까 우리?

골목으로 가자.

사람이 많이 없는 곳으로.

뽀드득 소리가 귀에 들리도록 아주 천천히 눈을 밟기도 하고, 발자국이 없는 쌓인 눈 위에서 폴짝폴짝 뛰기도 했어요. 준비, 시작! 꽁꽁 언 바닥 위에서 스케이트 선수가 된 양 경주를 하기도 했고요.

그렇게 뛰놀다 중간중간 멈춰 사진을 찍어요. 각자의 시선이 멈추는 곳에서, 각자 다른 방향으로 렌즈를 비추며 남겨두고 싶은 순간과 장면을 기록해요. 그러다 서로의 피사체가 되어주기도 하고, 이거 봐, 저거 봐, 하며 함께 보고 싶은 것들을 나누기도 해요.

우리는 그런 것들을 나누었어요. 가로등 아래서 시간이 멈춘 것처럼 유독 느리게 눈이 내리는 장면,

걸음을 옮기는 대문마다 쪼르르 놓여있던 눈사람, 그리고 자동차 보닛에 차창에 쌓인 눈 위 손가락으로 그린 낙서들.

누군가의 이름을 보기도 했고요. 사랑표도 몇 개, 그리고 바보란 단어도 몇 개를 봤어요. 재미있는 건 여러 차에 그려진 낙서들을 봤지만 이름, 하트, 바보 이게 전부라는 거예요.

친구들을 보내고 혼자 걸으며 생각해요. 누군가 혼자서 사랑표를 그리거나 바보란 글씨를 썼을까요? 어쩜 둘이서 팔짱을 꼭 끼고 키득키득 웃으며 그리고 쓴 낙서들일까요. 사랑과 바보라는 단어에 무슨 관계라도 있나 싶어요.

단지 바보라는 단어가 받침도 곡선도 없는 글씨라 눈 위에 쓰기 쉬운 글씨여서일까요? 혹시 이런 건 아닐까요.

너 바보야.

- 아니 네가 더 바보야.

사랑해.

– 아니 내가 더 사랑해.

바보 같은 문장들을 이어봐요. 차창에 바보라고 쓴 사람들 있잖아요. 어쩌면, 눈 오는 날 함께 걷자고 만나면서도 아직 사랑을 말하기엔 조금 부끄러운 사이일지도 모르겠어요.

이 바보야. 그렇게 부르고 싶은 사람이 있어요? 손난로를 사두려고 해요. 겨울이잖아요. 꽃 말고도 사랑을 말할 핑계가 많은 계절이에요.

질척이며 연연하고 싶다

볼펜 하나를 샀다. 주머니에 수첩을 가지고 다니게 된 후로 볼펜에 관심이 생겨 며칠 알아보더니, 사고 말았다. 돈도 '쓰는 법'을 아는 사람이 더 잘 쓰고, 잘 번다고. 이래서 밥이나 먹고살겠나 싶을 정도로 물욕이 없다고 느끼곤 하는데, 가지고 싶은 것이 생기면 이런저런 정보를 찾느라 잠을 설치기도 한다. 물론 이번에도 그랬다.

실은 이번이 이미 볼펜 하나를 잃어버리고 난 다음인데, 그 볼펜의 제조사에서 만든, 이제는 만들지 않는 오래된 볼펜 하나를 샀다. 혹시나 해 검색한 중고 거래 사이트에 딱 한 자루가 있었다. 몇 시간 전의 게시물. 게다가 누구도 쓰지 않은 새것이었다. 판매자는 오래된 필기구들을 한데 모아 파는 사람이었다.

파는 것의 대부분이 새것인 걸로 보아선 오래된 문구를 다니며 재고로 남아있는 필기구들을 사서 팔거나, 애초에 그쪽 업계의 사람일지도 모른다. 낡고 오래된 볼펜 따위를 누가 기다렸다는 듯 사가겠냐마는, '혹시라도 팔릴까' 한나절을 안절부절못하다 결국엔 사게 됐다.

이틀 뒤, 집 앞에 택배 상자 하나가 배달됐다. 그리고 그 안엔 에어캡으로 감싸진 작은 볼펜 상자. 낡고 닳았다. 이곳에 오기까지 여러 곳에 머물렀겠지. 다른 펜들과 함께 쌓여 있거나 사람에게 보이는 자리에 진열되기도 했겠지. 아니면 아무도 봐주지 않는 곳에 오래 있었을까. 그 덕에 지금 내가 만질 수 있게 된 걸까.

볼펜 케이스 뒤에 수입 연월이 보라색 잉크 도장으로 찍혀 있다. 1992년 3월 2일. 내가 태어나기 전의 해다. 종이 위에 펜을 그어도 잉크가 묻어나지 않는다. 볼펜을 열고 오래된 볼펜 심과 스프링을 새것으로 갈았다.

누구의 손도 타지 않은 새것인데도 부속품이 녹슬고 말라버릴 만한 시간. 부속품을 바꾸니 겉으로 보아선 전혀 30년 된 물건 같지가 않다.

수첩을 펼치고 펜을 손에 쥘 때마다 이상한 기분이 든다. 오래도록 한자리를 지킨 아름드리나무를 끌어안는 듯하다. 내가 태어나기 이전부터 존재한 물건은 거짓말 같다. 위인전을 동화처럼 읽던 나이에는 어딜 가나 나이를 묻고 다녔다. '너 몇 살이야?' 사람뿐 아니라 사물에도. 나무나 자동차 심지어 전봇대에도.

지금은 만나는 모든 것의 나이를 묻지 않지만, 어느 정도 나이가 들어서도, 나 이전의 이야기를 들을 때면 에이 정말? 하고 묻고 싶어지는 때가 있었다. 그럴 때면 살아간다는 게 꿈처럼 느껴진다.

영화 〈트루먼 쇼The Truman Show〉의 주인공이 되는 상상을 한다. 여러 소설이나 게임의 콘셉트 같은 걸 떠올려 보기도 했다.

내가 죽어도 세상은 그대로일까.
나 하나 없어지면, 세상 모든 게
모래처럼 바스러지는 건 아닐까.

나이로부터 시작된 망상이 삶과 죽음에 다다를 때마다, 강에 종이배 띄워 보내듯 욕심을 하나씩 흘려 보내기도 했다. 덕분에 연연하는 것들이 차츰 줄어 갔다. 돈이나 사람, 그 밖에 나를 둘러싸는 모든 것에 대한 욕심. 바라는 게 줄어드니 어쩌다 욕심나면 그리 밤잠을 설치게 되었나. 손에 쥔 볼펜 한 자루도, 그리고 사람도.

어쩌면 망상이 나중이었나. 무언가에 지독하게 연연하고 나서는, 상처 입어 패인 곳에 그런 망상들을 연고처럼 발라온 걸지도 모르겠다. 더는 깊게 몰입하지도, 아프지도, 슬프지도 않기 위해서.

나보다 오래전 만들어져 긴 세월 살아온 것들, 상

태로서의 존재가 아닌 존재를 주장이라도 하려는 듯 한 것들이 있다. 한 아름만으로 안아내지 못하는 기둥을 가지고, 넓은 그늘을 드리우고 있는 나무, 그리고 수십 년이 지나 삭아가는 상자 속에서도 묵묵히 빛을 내던 펜 하나.

그런 나무를 끌어안고 올려다볼 때, 쇠로 된 작고 묵직한 볼펜을 잡고 글씨를 쓸 때, 사는 것에 욕심이 난다. 소중한 것들을 떠올리게 한다. 기어이 종이 위에 적고 삶에 질척이며 연연하고 싶어진다.

가로등이 뜨는 창

신림9동엔 혼자 사는 이들이 많다. 서울대학교 바로 옆, 고시촌이라는 이름이 붙은 동네. 침대 하나, 책상 하나 들어갈 크기의 방들을 빽빽이 채워 넣은 건물들이 좁은 간격으로 모여 있는 곳.

서울에서 월세가 싸기로 손에 꼽는다는 곳. 지하철에서 내리고도 20분을 넘게 들어가야 하는 구석진 동네. 서울에 올라와 첫 2년을 이곳에서 살았다. 내

집이었던 방이 이곳에 있다.

보고 싶은 게 있다.

앞에 보이는 것에 시선을 매달아 놓고 걸을 때가 있다. 한 방향으로 오래 걸을 때, 걷는 것이 힘에 부칠 때, 멋대로 나를 매달아두곤 하였다. 그러면 무게가 조금씩이라도 덜어지는 듯해 다리가 가벼워지곤 했다. 골목 끝의 전봇대를 보며 걷기도 하고, 멀리 높은 건물을 보며 길을 찾아 걷기도 했다.

신림역에 내려서 버스로 다섯 정거장. 밤마다 걷던 도림천이 옆으로 지나간다. '대학동 고시촌' 정류장에서 내리면 된다. 이 동네가 집일 때는 이렇게 번거로운 귀가를 매일같이 했다는 게 신기하다 싶지만, 살았던 건물로 가려면 앞으로 10분, 끔찍한 오르막이 남았다.

열게 헐떡이며 현관문 앞에 섰다. 건물 이름에서 동네의 색이 묻어난다. 관문재, 관문(關門)의 역할을 하는 집이라는 뜻이리라. 이곳에서 일 년을 지낸 이도, 나처럼 이 년을 지낸 이도. 그보다 더 오랜 기간을 살며 지낸 이도 있겠지.

304호였던가. 침대도, 옷장도, 책상도 올 적부터 있었던 곳. 내 것이라곤 이불과 옷과 책밖에 없었다. 방음이라곤 너무하리만치 되지 않던 곳. 침대에서 뒤척이는 것만으로 아래층에선 두드리는 소리가 난다며 올라오기도 했다. 졸지에 침대 다리를 빼고 매트리스를 바닥에 깔고 잤다.

맞은편 방에선 매일 새벽 4시면 어김없이 또각또각, 높은 굽의 구두 소리로 귀가를 알렸다. 옆집 남자는 자주 술에 취했고, 이따금 현관문을 착각해 비밀번호를 누르곤 했었는데. 얼굴도 모르는 그들은 이 관문을 지나갔을까. 304호에서 새어나가던 소리 중 무엇으로 나를 기억할까.

'2580'이었던가, '2468'이었던가. '2'로 시작을 했던 것 같은데. 몇 번을 눌러보았지만, 현관문이 열리지 않는다. 보고 싶었는데. 아쉬운 대로 현관문 앞에서 가로등을 올려다본다. 고작 집 앞 가로등 하나가 보고 싶어 이곳에 왔다.

5층 높이의 관문재에는 안타깝게도 엘리베이터가 없다. 술에 취한 날도, 피곤에 절은 날도 계단을 올라야 했다. 집을 구할 땐 3층쯤이야, 했었는데. 그땐 지하철역에 내리고도 버스를 타고, 버스에 내리고도 언덕을 올라야 하고, 집에 도착해서도 계단을 오르는 게 얼마나 짜증 나고 귀찮은 일인지 몰랐다.

졸지에 무릎에 손을 얹고 다리에 온몸을 지탱하며 계단을 올랐다. 그때마다 나를 매달아두던 곳이 있다. 건물 맞은편의 가로등. 2층을 지나면, 올라야 할 계단참의 창으로 가로등 전구가 달처럼 떠 있었다. 둘 사이에 인력이라도 존재하는 듯 나를 끌어당겼다.

매일 집으로 돌아오며 언제쯤 이 동네를 벗어나게 될까, 그럴 수 있기나 할까, 하며 멋대로 삶의 무게를 그곳에다 걸어두었다.

달에 소원을 빌 듯

가로등을 보기도 했다.

5시가 조금 지나 가로등에 불이 켜진다. 속으로 인사를 건넨다. 건물 안의 창으로 보지 못해 아쉽지만, 언제 또 볼지 모르지만, 이곳에 살던 2년 고마웠다고. 계단을 오르던 창끝에서 기다리고 있어 주어서, 불안과 근심을 네게 걸어두면 조금이나마 가벼운 걸음으로 계단을 오를 수 있었다고. 언제 또 볼 수 있을지 모르지만, 오늘도 네게 걸어두고 싶은 것이 있어서 찾아왔다고.

시간은 흘러가고,
딛고 설 힘은 누구에게나 있다.

어디든 마음을 기대어 놓고 버티면 된다. 짚을 수 있는 무엇이라도 짚으면 된다. 진 것들이 무겁다고 생각될 때는 나를 걸어놓을 곳이 필요하다. 무섭고 무거운 것들에 지지 않으려면.

소리 없이 터지는

나는 말이란 걸 잘하지 못하는 성격이다. 사람을 대하는 방법이나, 대화의 기술 같은 거 말고, 내 이야기. 물론 그것들도 능하지는 않은 것 같지만, 속에 든 이야기를 하는 것보다는 쉽게 여기는 편이다.

그렇게 못 하는 것도 있지만,
안 하는 것도 있다.

안 하는 것의 비율 또한 적지 않아, 한 5할쯤 될까 싶다. 처음부터 그랬던 건 아니다. 속에 든 걸 누구에게도 말하지 못하던 때도 있었다. 글이라는 걸 쓰기 시작한 이유도 그래서였으니까. 앞의 사람을 대하는 것에 어느 정도 익숙해지고 나서, 말하려면 얼마든지 말할 수 있는 사람이 되었다.

하지만 그 말인즉슨, 내 이야기를 하지 않고도 얼마든지 대화를 이어나갈 수 있다는 거였다. 그럴 수밖에 없었던 것이 이제는 버릇처럼 됐다. 그냥 그게 편해서. 편하다는 건 여러 말의 함축이다. 귀찮지도, 기대하지도, 비참해지지도, 아무렇지 않아도 된다.

당연히 속상하거나 후회할 일도 없다. 그저 하던 것처럼 적당한 화제를 찾아 잘 말하고, 눈을 마주치고 고개를 끄덕이며 잘 들으면 된다.

삶을 하루 단위로 쪼갠 뒤, 운 날과 울지 않은 날의 비율을 따지면 얼마나 될까. 세어보지는 않았지만 한 달에 한 번씩, 일 년에 열두 번, 그러니까 삼 퍼센트쯤은 될까. 그런데 지나간 기억의 비중에서는 왜 삼십 퍼센트는 족히 되는 것 같을까. 눈물 자국은 쉽게 사라지지 않는 기억으로 남는가 보다.

무엇의 결과일까, 운다는 건.

일반적으로 사람은 어느 감정이든 극에 다다르면 눈물을 흘리고는 한다. 저마다 가지고 있는 '물잔'이 가득 차면 잔 밖으로 흐른다. 감정은 여러 가지 이유로 고조된다. 이윽고 울음이 터진다. 한계치를 넘고, 터진다는 표현을 쓰는 것 치고는 눈물은 힘없이 흐른다.

물잔을 타고 줄줄 흐르는 모양이다. 목놓아 흐느껴 우는 울음마저도 소리 없는 울음에서 시작된다.

어릴 때 문방구에선 '만득이'라는 장난감을 팔았다. 요즘도 그런 걸 파는지는 모르겠다. 우스꽝스러운 얼굴이 그려진 고무풍선이었는데, 안에는 밀가루나 전분 따위의 흰 가루가 들어있었다.

검은색 플라스틱 조각이 짤랑거리는 장난감 눈알 두 개, 웃는 입 모양으로 붙여진 털실. 그저 손에 쥐고 주물주물하는 게 다인 장난감이었지만, 아직 그

촉감이 손에 남아있다.

부드럽지만 단단한 감촉. 쉽게 터질 것 같으면서도 손아귀에 아무리 세게 힘을 주어도 터지지는 않았다. 하지만 겉이 얇은 고무로 된 탓에 오래가지는 못했다. 문방구에서 사거나, 뽑기에서 뽑으면 하루 이틀은 그걸 손에서 떼지 않고 들고 다녔다.

그 장난감은 매번 어이없게 터져버리곤 했다.

책상 위에 놓고 주먹으로 내리쳐도 터지지 않던 게, 어디 긁히거나 손톱으로 살짝 꼬집으면 구멍이 크게 났다. 물이나 공기가 든 풍선처럼 팡, 하고 터지지 않고, 구멍이 벌어지며 소리도 없이 흰 가루가 새어 나온다. 온 바닥을 어지럽히며 떨어지던 허연 가루와 손에 남은 쪼그라든 고무 조각.

내내 쥐고 있던 게 터지고야 만다.

손아귀에 아무리 힘주어도 단단하게 버텨내던 물렁물렁한 마음이. 좀처럼 하지 못하던 이야기를 입

밖으로 꺼내면, 그걸 들은 당신의 표정을 볼 때면, 별 거 아닌 온기 섞인 말을 들어버리면.

왜일까,

손톱으로 꼬집는 것처럼 가슴이 따끔하다.

이상하게 눈물이 난다.

편할 리가 없다.

생각이 많은 날엔 고개를 갸우뚱해야지

오늘은 식사하러 가는 길에 신기한 광경을 보게 됐어요. 도롯가에 사람이 쪼그려 앉아 있었어요. 몸의 중심은 완전히 도로 쪽으로 기울고, 위태롭게 떨리는 왼손엔 투명한 비닐우산이 들려있네요. 우산을 작대기 삼아 뭔가를 건드리려 하고 있었어요.

그 끝, 도로 바닥엔 검기도 희기도 한 솜뭉치가 있어요. 가방에 걸고 다니는 장신구처럼 보이기도, 쓰레기처럼 보이기도 했어요. 그래서 길에서 치우려는 거였나, 그게 아니면 떨어트린 걸 주우려는 건가 싶었어요.

"미안해, 다친 줄 알았어!"

"삐익!"

고개를 돌릴 새도 없이 일어난 일이에요. 우산이 닿자 솜뭉치가 날아올랐어요. 동시에 등 뒤에서 날카로운 소리와 함께 같은 색의 새 한 마리가 날아듭니다. 솜털도 빠지지 않은 어린 새였던 거예요.

우산을 들고 있던 사람은 소리치며 바닥에 주저앉았고, 허리께까지 날아오른 작은 새는 근처 무리 지어 주차된 자전거 중 하나의 뒷바퀴에 내려앉습니다. 어미 새, 혹은 아비 새로 보이는 성조(成鳥)도 근처 자전거의 손잡이에 내려앉았어요. 멀지도, 그렇다고 가깝지도 않은 곳에.

분주한 길에 예정 없던 소란이 일고,

일순간 시선이 모였다 흩어집니다.

회갈색의 깃털과 눈 아래의 검붉은 무늬, 직박구리였어요. 아무것도 모른다는 표정으로 멀뚱히 앉아 있는 직박구리와 거리를 두고 떨어져 앉은 부모 새. 부지런히 고개를 갸웃거리며 길을 지나는 사람 하나하나를 경계해요. 태평해 보이는 새끼 새와 달리 절박하게 보이기까지 해요. 멀찍이 서서 앉아 있는 새 두 마리를 바라봅니다.

이윽고 새끼 새가 위험하지 않다고 느낀 걸까요. 매섭게 사람들을 노려보던 부모 새는 몇 분 후 다시 나무 위로 날아갑니다. 한두 발짝 다가가 새끼 새를 바라봅니다. 눈을 마주쳐도 그저 갸우뚱, 어린 새에게 아직 인간은 무해한 존재인가 봅니다. 주변을 둘러보곤 구석진 길가라 괜찮겠다 싶어 나도 걸음을 돌렸어요.

안 지 얼마 안 된 건데, 바닥에 떨어진 새끼 새는 구조라는 명목으로 함부로 데려가지 않는 게 좋다고 해요. 주변의 나무에서 부모 새가 지켜보고 있으니, 잠시 기다렸다가 부모 새가 있다 싶으면 그냥 두는 것이 좋고요,

그래도 위험해 보인다면 주변의 수풀이나 나뭇가지에 올려두는 게 좋다고 해요. 다친 것이 아니라면, 날개에 힘이 없어 잠시 쉬고 있을 뿐이니까요.

아마 첫 외출이었을 거예요.

다 큰 어른 새와 달리 새끼 새에게 아직 인간은, 정말이지 무해한 존재인가 봅니다. 그곳이 어디든 날개에 힘이 빠지면 쉬고, 자신에게 무언가 닿아 날아올랐고, 지나는 사람과 차는 그저 그 자체로서 바라보고 있겠지요.

둥지에만 머물던 새와 여러 날 여러 곳을 날았던 새는 보고 겪은 게 다를 수밖에요. 직간접적 경험은 가능성으로 자리 잡아, 행동의 기준이 되어줍니다.

사람도 마찬가지로 보고 들은 것들로 앞으로의 행동 여부를 정하기도 해요. 오늘의 저만도 새를 옮길지, 둘지 고민했으니까요. 이따금 모든 가능성을 늘어놓고, 각 항목의 '어떤 일이 일어나거나, 일어나지 않을 것'이 몇 퍼센트의 확률을 가지는지 가늠해보고는 합니다.

하지만 대부분의 일에는 어느 정도의 가능성이 있지요. 학문이 아닌 한 사람의 생에서는, 가능성의 척도가 중요하지 않을 때가 많습니다. 정답은 없고, 일어날 수도, 일어나지 않을 수도 있다는 것. 그리고 아직 아무 일도 일어나지 않았다는 것. 확실한 건 그 정도가 다예요.

합리적인 결론을 도출해내고, 효율적으로 살아가기 위해서 그렇게 변해온 거겠지요. 나아가고, 살아남기 위해서. 하지만 너무나도 많은 가능성에 둘러싸여 살아와서일까요. 존재하는 모든 가능성을 배제하고, 현상만을 바라보는 게 쉽지 않네요.

지금 앞에 있는 것들을 잊고, 넘치는 생각만으로 사람 앞의 새처럼 몸을 떨기도 합니다. 그러니 삶의 모든 사건에 지나치게 많은 가능성을 달아 둔 것 같은 날엔, 오늘 만난 새끼 직박구리가 되어도 좋겠어요.

눈을 감았다, 뜨고. 고개를 갸우뚱. 처음으로 둥지를 떠나온 새끼 새가 되어보기로 해요. 지레 겁먹지 말고 발치 앞을 바라보기로 해요.

익고 잃는 것

매일 쓰던 펜을 잃어버렸다. 비싸고 귀한 물건도, 그리 소중히 여기던 물건도 아니었다. 필통이나 주머니에 아무렇게나 넣고선 어디든지 들고 다니던 것. 처음엔 '펜 하나쯤이야' 아무래도 상관없다고 생각했지만, 그게 아니었다.

매일 쓰던 글씨가 낯설어졌다. 이참에 남들이 좋다는 비싼 필기구도 사봤지만 어색하기만 했다. 일이 잘 잡히지 않아 결국 같은 펜을 또 사고 말았다. 내게 귀한 건 손에 익어 익숙해진 펜이었다.

사라짐으로 존재의 소중함을 깨닫는 건 바보 같지만 확실한 방법이다. 하지만 세상 모든 것이 펜처럼 쉽게 돌아오지는 않는다.

지붕 아래 젖지 않는 발

우리 동네엔 길고양이가 많고, 나는 고양이가 되는 상상을 자주 해. 집에서 큰 차로로 이어지는 골목, 외출하려면 매일 지나는 길에서 매번 보는 고양이들이 있어. 너덧 마리쯤. 그중 가장 눈길이 가는 녀석이 있어. 머리부터 발끝까지 다른 색의 털 하나 없는 검은 고양이.

길을 걷다 가림막 위에 올라가 쉬거나, 자동차 아

래에 몸을 말고 있는 모습을 보곤 해. 한 번은 환기하려 창문을 열었다가 녀석이 유유히 길을 건너는 모습을 보곤 속으로 반가워하기도 했어. 앞에 쪼그려 앉으면 먼저 다가오거나 다리를 비비는 고양이들도 있는데, 녀석은 한 번도 그런 법이 없어. 간식을 줘본 적도 털을 쓸어 본 적도 없네.

매끈한 검은색 털 말고도 다른 고양이들과 다른 점이 하나 있어. 볼 때마다 혼자였다는 거야. 자주 만난 길을 지날 때면 자세를 낮추고 승합차 아래를 들여다보곤 했어. 그러다 녀석을 만나면 그 자리에 서서 부지런히 눈을 끔뻑여 보고, 오늘은 운수가 좋은 날이라며 하루를 가뿐하게 보내곤 했어.

멋대로 친구가 되어줄 수 있으면 좋겠다고 생각했어. 함부로 이름 없는 검은색 고양이가 되는 상상을 했어. 어딘가엔 폭설 주의보가 내리기도 하였다는 날, 그 고요한 새벽과 맞물린 다음 날의 아침에 나는 또 고양이가 되는 상상을 했어.

하얀 배경에 검은색 직사각형. 현관문을 열면 보이는 건물 뒤의 공터, 그곳에 차가 눈을 맞으며 밤을 보낸 자리를 보고 새까만 고양이가 되었어. 쉬지 않고 눈 내리는 날 몸을 피하고 눈 붙일 곳을 찾는 고양이. 지붕이 있는 곳에선 발이 젖지 않아.

온기가 남아있는 동안이라도

몸을 녹여야지 하다가,

그만 잠이 들어버렸어.

뽀드득, 눈이 밟혀 뭉쳐지는 소리를 듣곤 화들짝 잠에서 깼어. 기척에 놀라 근처의 담 아래로 몸을 숨겼어. 발자국 소리가 멈추고 문이 열렸다 닫히더니, 별안간 커다란 굉음과 함께 하룻밤 아늑했던 보금자리는 어디론가 떠나버렸어.

다시 몸을 옮겨야 해. 주린 배를 채우고, 햇살이 드는 곳에 배를 깔고 누웠다가, 다시 오늘 밤을 지나 보낼 곳을 찾아야 해.

떠나버린 지붕을 원망하지는 않아. 알고 있어. 떠나야만 했던 거니까. 몸을 녹이고 쉴 수 있었던 이유는 네가 그 자리에 멈추어 있어 주었기 때문이니까. 알고 있었어. 날이 밝으면 나를 밀쳐내고 요란한 소리를 내며 사라질 거라고.

덕분에 나는 털이 젖지 않고 밤을 보냈어. 이렇게 눈이 그치고 해가 떴어. 담을 넘을 만큼 기운을 차리고 다시 하루를 살아갈 수 있게 되었어. 오늘도 눈이 올까? 그럼 밤새 그려진 까만 직사각형도 사라져버리겠어.

내 보금자리였던 곳. 선명하게 남은 지붕의 자국. 안락했던 나의 집.

다시 밤 오기 전에 돌아올까.

나는 이곳을 찾아 돌아올 수 있을까.

이런 상상도 해. 너는 나에게, 나는 너에게. 떠나버릴 지붕, 몸 녹일 곳을 찾아야 하는 고양이였던 거야. 이렇게 될 수밖에 없었던 것이라고. 그렇게 마음을 다독이는 날도 있었어.

쓰지 않는 물건의 자리

가진 물건들을 여러 기준으로 나눌 수 있겠지만, 그들의 대부분을 묶을 수 있는 대분류는 '쓰기 때문에 버리지 않은 것들'이다. 그러니까 다시 말하면, 살아남은 것들. 반대로 쓰지 않기 때문에 버린 것들이 있다.

해진 옷이나 다 쓴 로션 통처럼 쓸모를 다 한 게 아닌, 손이 가지 않게 된 것들. 취향이 달라져 옷장에서 자리만 차지하는 옷, 싫증이 나 몇 계절을 말아두었던 카펫. 공간을 만들기 위해서이기도 했지만, 사용하지도 않는 물건이 자리를 차지하고 있는 모습이 싫었다.

2년 전, 제주에선 안경을 하나 샀다. 검은 반 뿔테에 금색 다리의 철제 안경. 두 달을 지내고 왔지만, 첫 계획은 한 달이었다. 그 한 달은 바다 근처 외진 곳의 숙소에 눌러앉아 지냈다. 여러 곳을 여행했지만, 성수기가 끝난 겨울의 섬은 사람이 많지 않았다.

가끔 육지에서 나를 찾아오는 사람이 있으면 시내에 나갔다. 그럴 때야 비로소 사람 구경을 할 기회가 주어졌다. 그날도 서울에서 온 친구를 만나러 시내에 나온 날이었다.

나를 만나기 위해 제주에 온 것은 아니었지만, 온 김에 얼굴을 보고 가겠다기에 함께 저녁을 먹었다. 고기를 구워 먹으며 술을 한잔했나, 제주엔 무슨 일이냐고, 너는 잘 지내고 있느냐고, 적적하지는 않으냐고, 그런 이야기를 주고받았다.

헤어진 뒤에도 돌아가기가 아쉬워 주변을 걷다,

시간이나 보낼까 들어간 안경점이었다. 그곳에서 한 시간이 넘도록 안경을 골랐다. 가져간 옷가지 너덧 벌로 몇 주를 지내면서, 같은 옷을 몇 번이나 입으며 지냈던 게 지겨웠던 건지. 계획에 없던 안경 하나를 손에 쥐고서야 나왔다.

그런데 어쩐 일인지, 안경점에선 저밖에 선택지가 없다는 듯 빛나던 안경이, 얼굴에 걸치고 보니 어울리지 않았다. 분명 그곳에서도 써보고 샀건만. 거울에 마법이라도 부려놓은 모양이다.

쓰지도 않고 여행 가방에 고스란히 싸 들고 온 안경은 2년째 장신구 보관함 한쪽 자리를 꿰고 있다. 볼 때마다 새것처럼 반짝거리는 안경이 얄미웠지만, 괜히 제주에서 지내던 기억이 피어오르기도 하고, 쓰지도 못한 게 아까워 버리질 못했다. 애물단지가 따로 없었다.

난생처음 머리칼을 기르는 요즘엔 그 안경을 다시 쓴다. 머리가 길어 관자놀이와 귀를 덮으면서, 그간 쓰던 안경이 모두 불편하고 어색해 쓰지 않게 됐다. 그리고 거짓말처럼 그 안경 하나만 어울리게 됐다.

내가 변함에 따라

내게 어울리는 것도 변한다.

필요한 것도 때마다 다르겠지. 그게 무엇일지는 아무도 모른다. 당장 내가 어떻게 변할지도 알 수가 없으니. 보기 싫음을 견디고 안경을 버리지 않은 나를 대견해하다가, 내가 버린 물건 중 버리지 않았더라면, 하는 것들을 떠올린다.

물음표는 사람을 머뭇거리게 한다. 언젠간 다시 쓸 일이 있지 않을까, 하는 생각은 무언가를 잘 버리지 못하는 사람으로 만들기도 하는 걸까. 고향에 내려갈 때마다 하는 말이 있다. 우리 집 정리 좀 하자고, 청소를 이야기하는 건 아니다. 청소를 하든 안 하든 산만하다.

잘 버리지 못하는 엄마의 성격 덕에 물건들이 쌓이고 넘쳐난다. 베란다에 있는 창고는 가득 찬 지가 오래고 위엔 먼지가 소복이 쌓였다. 그런데 이번에 창원에 갔을 땐 그 먼지 속에서 필름 카메라 두 개를 꺼내왔다. 건전지 누수로 쓰지 못하게 된 것도 있고,

녹이 슬어 열지도 못하게 된 것도 있지만, 두 개는 겉모습이 멀쩡했다.

다시 작동할지 안 할지는 카메라 가게에 가서 점검을 받아보아야겠지만, 그 카메라 두 개만으로 돌아오는 길 마음이 후덥지근해졌다. 엄마는 어떤 마음으로 그 많은 물건을 버리지 못하고 있었을까.

쓰지 않던 안경과 먼지를 털어낸 필름 카메라가 닮았다. 보관할 것과 놓아줄 것의 기준은 무엇이 될 수 있을까. 내다 버리며 살아왔지만, 생각나는 것들이 많다. 나는 버리지 못하는 사람이 되어가는 걸까, 잘 들이지 못하는 사람이 되어가는 걸까. 버릴 때도, 들일 때도 조금만 더 신중해져야지.

신중히 대할수록,

더 소중해지기 마련이니.

다시 고향에 내려가면 가족들과 함께 창고를 정리해야겠다. 버려야만 하는 것과 간직할 것을 나누고 싶다. 그리고 좀 더 너른 사람이 되고 싶다. 간직하고 싶은 것들을 간직할 수 있도록.

소리를 내줘

오늘 눈이 왔어.

하마터면 모르고 지나갈 뻔했어. 며칠째 밖에 나가지를 않았거든. 언제부터 내렸던 것인지는 모르겠지만, 오후쯤에야 화장실에 갔다가 알았어. 우리 집 화장실엔 환풍기가 없는 탓에 일 년 내내 쪽창을 열어두어야 하거든. 한기가 싫어 종일 창문을 열지 않기도 하는 요즘 같은 겨울에도 말이야.

그러지 않으면 축축한 화장실에 금세 곰팡이가 슬어. 이전에 살던 사람이 방한 목적으로 붙여둔 에어캡이 아직 붙어있지만, 창문을 닫을 일이 없는데 그게 무슨 소용인지 몰라. 그 사람은 창문을 닫는 대신 화장실 문을 열어두었던 걸까.

여하튼 그 덕에 이 집의 여러 '실' 중, 창이 가장 작은 화장실이 밖과 가장 가깝게 느껴지기도 한다는 건 신기한 일이야. 안과 밖을 나누는 벽은 같을 텐데. 통로는 좁지만, 언제나 이어져 있잖아. 안팎의 온도가 멀어지는 여름과 겨울엔 자주 그렇게 느껴. 몰래 내리고 있던 소리 없는 눈을 마주친 오늘 같은 날은 더욱이.

눈은 조용해서 너무해.

난 그래. 소리 없이 오고 가는 눈이 얄미워. 냉큼 알아채지 못해서 내게 오지도 않고 가버린 날이 많아. 나 모르게 그친 눈에는 쌓인 걸 보며 들떴다가도 아쉬운 마음이 잔향처럼 남아. 게다가 눈은 쌓이지도 않았던 날이 더 많았어. 젖은 바닥을 보며 새벽에 비가 왔었나, 혹시 눈이었을까.

온종일 밖에 나가 고개를 들고 있지도 못하고, 창을 활짝 열고 있을 수도 없는 사람에겐 그런 게 너무해. 아마 그런 사람은 없겠지. 알아, 내가 아쉬운 사람이어서라는 걸. 보고 싶어 하고, 또 기다리는 사람이기 때문에 그렇다는 걸. 그래도 잊을 만하면 오는 비처럼 소리라도 내주지, 하는 마음도 있는 거야.

영하 칠 도, 이게 오후 네 시의 온도라니. 새벽엔 영하 십삼 도까지 내려간다더라. 이렇게 추운 날은 노을도 그저 액자 속 그림 같고, 하늘의 해는 장난감 모형 같아. 별과 눈도 참 닮았지.

하얗고, 조용해.
따스하고, 포근해.

이불 빨래가 하고 싶어졌어. 우리 집에 있는 희고 조용하며, 따스하고 포근한 것. 그리고 건조기에서 꺼낸 이불에선 갓 구워낸 빵이나, 뙤약볕 아래의 모래 같은 종류의 냄새가 나거든. 바삭거리는 볕의 냄새를 맡고 싶어.

한 달에 한 번에서 두 번 정도는 이불 빨래를 해. 전엔 이 정도로 자주 하지는 않았는데. 어쩌다 이불을 자주 빨게 되었나 싶어. 하얀 이불을 들이며 했던 결심 때문일까. 건조기를 산 이후론 널어 말릴 곳이 없어도 되어서일까.

종종은, 건조기 소리가 듣고 싶어서 빨래를 하기도 해. 우리 집엔 세탁실이 따로 없어 건조기가 부엌에 나와 있어. 세탁기는 화장실에. 생뚱맞다고 생각할 수 있겠지만, 그 위에 식기 건조대나 믹서기 같은 부엌 집기를 올려두었더니 꽤 잘 어울려.

건조기가 돌아가는 소리는 오후 일곱 시의 된장찌개 냄새 같아. 사람 사는 집의 냄새 말이야. 질 좋은 스피커에서 흘러나오는 분위기 있는 음악과 달라. 그저 '웅웅' 기계 돌아가는 소리. 그 위의 잡동사니가 찌개의 건더기들처럼 얕게 떨리는 소리. 그뿐이야.

부엌으로부터 온 집안을 메우는 정성스러운 소리. 이불 빨래를 하는 날엔 세 시간은 그 소리를 들을 수 있어. 건조가 끝나고 알림음이 들려오면, 고소하고 따스한 냄새를 맡을 수 있어.

응, 냄새 때문일지도 모르겠어. 이상하리만치 쉽게 배는 익숙하고 지긋지긋한 한 사람분의 체취. 아무것도 섞이지 않은 짙은 사람 냄새. 이불을 덮으면 파도처럼 발가락부터 몸을 쓸고 올라와. 턱 끝에서 부서져 포말이 얼굴을 덮쳐. 편안하고 쓸쓸한, 외로움의 냄새. 이걸 사람 냄새라고 불러도 괜찮을까.

이불 빨래를 할 거야.
소리가 듣고 싶어.
냄새를 맡고 싶어.

정적을 깨고 방안을 메우는 지독한 냄새를 털어내고 싶어. 그러니 너는 내게 오거든 소리를 내줘. 늦지 않게 찾아갈게, 구겨지지 않도록. 잊지 않고 창문을 열게, 바닥에 닿아 녹기 전에. 기다리고 있어.

냉동실 속 눈사람

차고 하얀. 시린 손을 불며 단단히 뭉쳐도 금세 사라져 버릴. 손바닥 위 작은 눈 뭉치. 큰 것과 작은 것을 겹쳐 쌓아, 눈사람이라 부르던 것. 눈이 많이 온 해에는 눈사람을 두 개 만들었다. 종일을 들여 만드는 것과 그날의 놀이가 끝나고서 만드는 것.

눈덩이가 눈사람이 되는 과정이 좋다. 바닥에 깔린 눈을 적당히 뭉쳐 바닥에 굴린다. 힘들여 눈을 덧

붙이지 않아도 밀고 굴리기만 하면 된다니. 그럼 눈덩이가 커지기도, 단단해지기도 한다니.

첫 번째 눈사람은 빌라 주차장 구석을 지킬 커다란 눈사람이었다. 큰 눈사람을 만들고 싶다는 욕심을 부리다 보면, 엉망인 눈사람을 만들기도 했다. 내린 눈이 부족한 날에는 몸통보다 머리가 훨씬 작은 눈사람이 생겼고, 눈이 부족하지 않았던 날엔 머리 부분을 들어 올리지 못해 머리를 얹는데 주변 어른의 도움을 받아야 했다.

제일 좋아했던 부분은 마지막이었다. 단지 눈덩이일 뿐이었던 것이 눈사람이 되는 단계. 눈, 코, 입을 달아주고, 팔이나 단추를 달아 장식을 해준다. 하얗고 말 없는 눈 덩어리가 표정을 가지고 생기를 얻는 순간은 그야말로 마법 같았다.

눈사람은 '사람' 모양이 아니어도 눈사람이라 부른다. 눈사람이라 하면, 첫 번째로 떠오르는 모양도 사람과는 닮은 구석이라곤 눈, 코, 입과 팔이 있다는 것뿐이다. 그뿐 아니라 곰이나 강아지 모양, 어느 만

화영화에 등장하는 괴물 모양 눈덩이마저도 눈사람이라 부른다.

어, 곰 모양 '눈사람'이다!

그런 눈사람이 좋았다. 두 번째로 만드는 것은 정말 사람보다는 눈덩이에 가까웠다. 내 손바닥 위에 올려 옮길 수 있을 만한 크기의 눈 뭉치. 아무렇게나 눈을 뭉치고 쌓은 뒤에 처음의 것과 마찬가지로 눈, 코, 입을 붙여주었다. 얼굴이 되었으면 하는 부위에 손톱으로 자국을 내거나, 얇고 작은 잎이나 가지를 골라 붙여주었다.

그리고 계단을 뛰어올라가 현관문을 열고, 다음으로 냉동실 문을 열었다.

"눈사람을 냉동실에 넣어서 어찌할 거야?"

"넣지 않으면 녹잖아요."

그러나 냉동실은 매번 다른 것들로 가득 차 있었다. 냉동식품이나 얼려둔 음식 재료들. 원래 그것들을 위한 공간이니까. 다음 눈이 올 때까지 이곳에 넣어두어야지. 없는 자리를 만들어 눈사람을 냉동실에 넣은 적도 있다. 그게 그렇게 기뻤는데. 밖의 눈이 다 녹고도 집 어딘가엔 눈사람이 남아있으니까.

하지만 그것도 잠깐, 눈사람은 한두 계절을 버티지 못하고 바스러지거나 버려졌다. 얼려둘 다른 것들을 넣고 빼느라 여기저기가 긁혔고, 머지않아 팔이나 눈이 떨어지곤 했다.

눈사람만을 넣어둘 냉동실을 가지고 싶었다. 눈사람의 집. 물든 낙엽에 숨죽여 지낼 백과사전이 있는 것처럼 손바닥만 한 작은 냉동실이 없을까. 그러면 오래오래 눈사람을 잃지 않고 보관할 수 있을 텐데. 하다못해 다음 눈이 올 때까지만이라도.

그제는 펑펑 내리는 눈을 맞으며 골목마다 세워진 눈사람을 바라만 보았다. 눈이 온다고 신이 나서 그새 만들어두었구나. 며칠이면 사라질 눈을 밟다 보니 궁금해졌다.

눈사람을 만드는 이유는 뭘까. 다른 모양도 아니고 왜 '사람'일까. 눈덩이에 굳이 굳이 눈, 코, 입을 붙이고 '눈사람'이라 부르는 걸까. 저들도 손바닥만 한 작은 눈사람을 만들어 보곤 했을까. 그만을 위한 보관법이 있는 사람도 있을까.

고요한 산책을 마치고 돌아온 방이 작은 냉동고 같다. 목도리와 두꺼운 외투를 벗어두고 살림이 가득한 방을 바라본다. 언젠가 사라질 것들을 기어이 담아두는 방.

내가 가지려 했던 것과 손에 쥐고 있는 것들, 그리고 사람들까지도. 사실 눈사람과 크게 다를 게 없을지도 모르겠다. 그것들이 떠나는 데에 너무 크게 슬퍼하지 않고 싶다.

사라질 것은 사라지게 되어있고,
떠날 때는 떠나야 한다.

욕심은 언제나 필요의 이상이었다는 걸 안다. 다만 그것들이 눈처럼 금세 사라지지 않고, 곁에 머물 동안 아름답고 빛나기를 바란다.

나쁜 기억 지우개

초판 1쇄 인쇄 2021년 10월 20일
초판 2쇄 발행 2021년 12월 10일

지은이 이정현
펴낸이 떠오름

기획 손힘찬
편집 권희중, 최창원
디자인 김은경
마케팅 권민창, 서미태

펴낸곳 **주식회사 떠오름**
출판등록 제2021-000002호(2020년 4월 28일)
주소 서울특별시 서초구 강남대로 479, 비1층 122호
전화번호 070-4036-4586
팩스 02-6305-4923
이메일 tteoreum9@nate.com

ISBN 979-11-970808-8-3 03800